本所七怪谈

本所深川ふしぎ草紙

〔日〕宫部美雪

宮部みゆき

著

〔日〕茂吕美耶 译

北京联合出版公司
Beijing United Publishing Co.,Ltd.

目录

Contents

上野
榛名山雪中

第一篇

单边芦叶

1

近江屋藤兵卫死了。

他死在本所驹止桥上，面朝雨后的天空，全身冰冷地仰卧着。

彦次是在滚着沸水的锅前听到消息的。

有那么一会儿，彦次内心千头万绪，忘了工作，也忘了眼下身处的地方。他手上拿着煮面的笊篱，任凭热气濡湿脸庞。

老板源助狠狠踢了一下他的膝盖，他才回过神来，这才又听到狭窄铺子里嘈杂的说话声。

“听说钱包不见了，应该是遇上打劫的了。”

“可见藤兵卫也老糊涂了。”

彦次继续工作，小心翼翼地从滚水中捞起荞麦面，再放进冷水里冷却。然而，他的心却专注在客人的谈话上。

“不是说后脑有个大伤口？就算是强盗，未免也太过分了。”

“冷不防被人干了，应该一点感觉都没有吧！南无阿弥陀佛，南无阿弥陀佛。”

那个藤兵卫听得懂念佛吗……彦次如此暗忖，从浅底箱里又抓起一两把荞麦面放入锅内。

“喂，你们到底在讲什么蠢话？”另一个压低的声音插进来，“这不是单纯的打劫，你们不知道吗？”

这话引起了其他客人的兴趣，顿时响起一阵窃窃私语的声音。彦次睁大双眼，客人的声音透过蒸汽飘过来，他听得一清二楚。

“近江屋那个独生女美津，听说老是跟藤兵卫吵架，而且吵得很厉害。”

“女儿吗？”

“是啊。本来嘛，藤兵卫和美津明明是亲生父女，可两个人不是水火不容吗？所以啊……”

“你是说是女儿干的？”

另一道声音小声说道：

“听说回向院的茂七是这么认为的。”

回向院茂七是掌管本所这一带的老手捕吏。

不对……

不对，不对，不可能这样，那真是大错特错了。彦次在心里如此大喊，他闭上眼，脑海深处，浮现出孩提时代美津那张白皙的面孔，以及在她纤细手中摇曳的驹止桥单边芦叶……

近江屋是藤兵卫创立的铺子。他开铺子时，卖的并不是世人所熟悉的寿司或箱寿司，而是当时刚上市的握寿司，之后便一直大刀阔斧地做生意。这方法成功了，现在不仅本所深川这一带，恐怕全江户都无人不知他的名字。

比起他的名字，“藤兵卫寿司”这个招牌更为人所知。他还特地到盛产白米的越后收购白米，而且只用越后米做寿司；鱼也是经过精挑细选的，世人都说藤兵卫寿司吃进嘴里仿佛还会跳动。

正因如此，藤兵卫的葬礼非常隆重。

尽管被源助白眼以对，彦次还是趁着生意忙碌的空当儿来到近江屋。人头攒动的那一方，灯光明亮得不合时宜。彦次突然想到美津举行婚礼时，一定也是这般热闹。

虽只能远眺，但还是隐约可见美津的脸。

即使在父亲的葬礼上，美津依旧很美。烛光映照着她白皙的脸颊，那丰满的双颊及秋天核果般的乌黑双眸，依稀有着彦次记忆中的少女模样。成为人妻之后所积累的稳重，在美津那收拢的下巴、挺腰端坐的瘦削身躯上增添了几分风韵。

美津的丈夫坐在美津身后，缩着本来就单薄的肩膀。光看一眼那拘谨的坐姿，便不难明白他不是美津的丈夫，而是近江屋的入赘女婿。

彦次没有上前拈香。他远远站在人群外凝视着美津，然后深深鞠躬致意。我不是来吊唁藤兵卫的，我只是来探望尽管父女不和，但毕竟是失去了亲生父亲的美津小姐。他如此想。

正当他打算转身离去时，他发现距离不到六尺[1]的地方，有个人躲在对面和服铺竖立的招牌后。

是个十七八岁的年轻姑娘。她身穿洗得发白的衣服，肩膀看上去很瘦弱。她微微低着头，双手合掌，泪如雨下，粗糙的手中有串廉价的念珠。彦次看到念珠上的紫色穗子随着姑娘簌簌而下的眼泪而微微颤动。

姑娘用手背擦泪时，视线和彦次碰个正着。彦次还来不及出声喊她，她已转过身，没入人群里。

没追上她的彦次在原地伫立了一会儿。他不经意低头一看，发现姑娘方才站立的地方有类似木屑的粉末。

他弯腰拾起，捏在指尖细看，有一股桐木的香味。

[1] 一尺约三十三厘米。

彦次回头望着姑娘消失的方向。

当天晚上，铺子打烊后，源助难得邀彦次一起去澡堂。彦次心不在焉地跟在披着手巾快步向前走的源助身后。

“我说啊，彦次。”源助突然说道。彦次停下脚步，源助也停下脚步回过头来。

“听说你今天特地过大川[1]去参加近江屋藤兵卫的葬礼？”

“对不起，擅自行动了。”

“没关系，我不是这个意思。”

源助转过身子，用下巴示意前面不远处亮着光的铺子。

“我们在这附近喝一杯，怎么样？说去澡堂是借口，其实我想跟你谈谈。”

源助似乎是那铺子的老主顾。铺子里坐了不少客人，年龄与源助相近的老板向其他客人欠身，马上腾出角落里两个舒适的酱油桶的位子，并送上热腾腾的串烤味噌豆腐和辛辣的凉酒，这都是源助爱吃的东西。

“在家里的话，老伴太啰唆，根本不能这样。”源助津津有味地喝下第一杯后开口说道，“我说彦次，你在意的是近江屋的美津小姐吧？”

[1] 东京都内隅田川位于吾妻桥附近到下游一带的俗称。

彦次默不作声，假装望向正在烤豆腐的老板身后挂着的各式各样彩色的酒壶。

“你不想回答的话也好。只是……回向院的茂七好像真的打算抓美津小姐。”

彦次暗吃一惊望着源助，这回轮到源助故意看着别处。

“是有……什么可疑的地方吗？”

“别看茂七那样子，那家伙相当执拗，搞不好找到什么证据了。”

源助看了一下手中的茶杯，拿起酒壶斟酒。

“他说因为那对父女经常吵得天翻地覆，真是无聊。”

彦次沉默了一下，接着语气坚定地说：

“我认为他错了。”

彼此沉默了一会儿，源助慢条斯理地品尝凉酒。彦次望着他的侧脸，继续说：

“近江屋小姐，她……她不会暗算别人，何况是自己的亲生父亲。这点我很清楚。说那是美津小姐下的手根本不合理。”

鼻尖传来味噌的烤焦味。轻烟飘荡。视线追着烟雾的源助终于转身面对彦次。

“我总觉得你没有说出重点。你为什么那么在意素昧平生的藤兵卫和美津小姐？又为什么可以说得这么笃定？能不能说给我听听？”

十年前的春天，彦次第一次遇见美津，当时两人都是十二岁。那时候的近江屋并不是现在这样的大铺子，而是一家门面只有十二尺宽的干净小铺子，位于回向院门前町。家里除了藤兵卫和美津，还有一个下女及几名伙计，住在铺子后面的两层楼房里。

而彦次是个终年饿着肚子、面露饥饿相的孩子。

那年冬天的严重风邪，带走了打零工的木匠父亲。彦次和母亲及年幼的弟弟，三人窝在拖欠房租的后巷大杂院里，过着三餐不济的日子。双亲都是赤手空拳从近郊乡村来到江户的，他们在江户没有可依靠的亲戚和朋友。

彦次十岁那年，曾一度到木场一家木材批发商店当学徒，可是耐不住苛刻的工作和寂寞，他最后逃回了家里。之后，母亲就不再叫他去当学徒了。

但是为了生活，他什么都做。母亲白天在附近一家小饭馆帮忙，晚上牺牲睡眠的时间做副业。彦次兄弟俩也卖过蚬贝，捡过柴薪，甚至做过类似小地痞的事，帮母亲支撑比杂耍艺人走绳索还要摇摇欲坠的生活。

而那条唯一的绳索也在母亲病倒时咔吧断了。

之后的某一天，彦次坐在远离门前町人潮的一家屋檐下时，美津和他搭话。

那时正是油菜花盛开的雨季。彦次身上的衣服都湿透了，贴着肌肤教人更冷了。

“喂，你几天没吃饭了？”

彦次抬头一看，眼前有个刘海剪得整整齐齐、黑眸大眼的女孩正俯视着自己。彦次没有回应。他连讲话都感到吃力，何况他已整整三天没吃饭，要他说出这事，更是痛苦。

“你好像很久没吃饭了。”

女孩说完，转身进入屋内，过了一会儿又出来，怀里揣着还有余温的饭团包。

“这个，给你。”女孩递出饭团包，“你吃吧。如果你觉得在这儿吃很丢脸，可以拿回家吃。你家在哪里？应该有家吧？”

那时，彦次丝毫没有感到被一个同龄女孩施舍食物的羞耻，因为饥饿占了上风。他抢夺般地接过饭团，踉跄地奔向母亲和弟弟等着的后巷大杂院。

话虽如此，他还是听到女孩自身后追上来的呼喊：

“你明天再来。我家多的是饭。”

最后，隐约听到的是：

“我叫美津，近江屋的美津。”

“之后，我几乎每天都到小姐那儿。”彦次垂眼望着空杯子，淡然地继续说，“我蹲坐的地方，凑巧是近江屋的屋后，很幸运。

托她的福，我和母亲及弟弟才没饿死。”

“原来那个美津小姐……”

源助若有所思地捏着下巴。铺子一隅爆出大笑，直至笑声停歇，两人都默默无言。

“就这样，我每天都到近江屋。不过小姐有时也不能给我剩饭，那时小姐会哭丧着脸向我道歉，说她父亲看得紧，有时候没办法把饭带出来。”

“藤兵卫？”

彦次点头。

“老板应该也知道，近江屋能有今日的名声全拜那件事所赐，就是每晚把剩饭丢进大川的事。”

江户城内有很多寿司铺。因为是个只要有钱任何东西就可以得手的奢侈都市，所以随着握寿司的人气高涨，城里也出现了无论是味道还是价格都不亚于近江屋的铺子。在这些铺子里，近江屋能成为江户首屈一指的铺子，正是因为主人藤兵卫定下的这个规矩。

近江屋的藤兵卫寿司不用隔夜的白饭。证据是，每晚临打烊时，近江屋会将当天剩下的醋饭全部丢进大川。

藤兵卫此举，令生活在将军跟前、不论如何都很爱面子的江户仔报以热烈喝彩。他们说不是吃味道，也不是吃价格，而是吃藤兵卫的这种气度。正是此时，全江户的客人开始蜂拥而至。

“那时，美津小姐非常厌恶藤兵卫老板的这种做法。”彦次继续说道，“她曾向我说过，江户有许多下一餐都没着落的人，而她父亲仅为了虚荣，每天毫不犹豫地将大量醋饭丢进大川，这是一种杀生又傲慢的做法。”

“可是那时美津小姐还是个孩子吧？”源助说完，歪着下巴又说，“不过话说回来……那个美津小姐，的确有可能这么做，她本来就是个好强又聪明的孩子。”

彦次大吃一惊。

“老板认识美津小姐？”

“我以前在回向院那边也开过一阵子铺子。”

源助笑了笑，然后一本正经地催促彦次继续往下说。

近江屋闻名全城后，建了格局非常气派、在同业中算是首例的铺子，规模也愈来愈大。藤兵卫每听到有铺子因为不敌近江屋的气势而想歇业时，就会连货带铺子一起买下，把它变成近江屋的分店。

如此一来，批评藤兵卫铁石心肠、守财奴的人也就增多了。世人也真善变。藤兵卫寿司确实好吃，这是江户仔引以为傲的事，可是对主人藤兵卫的为人无法接受。就这样，铺子生意愈好，讨厌藤兵卫的人也愈多。

“美津小姐很厌恶藤兵卫先生的这种生意手段。”

我阿爸是冷血的人——当时美津的哀叹至今言犹在耳。

“而且，刚刚老板也说过了，她是个聪明人。她设法瞒着藤兵卫先生，拿剩饭给我。只是不可能每次都成功，所以她定了个暗号。”

彦次回想起当时，如今仍能感受到内心的那种刚强正逐渐消散。

“小姐第一次看到我的地方是近江屋厨房的后门，她在后门的窗棂上，插一枝驹止桥的单边芦叶。那就是暗号，表示今晚铺子打烊时可以拿剩饭给我。”

单边芦叶，是本所七怪事之一。位于两国桥北边的小小河道终点，河畔长着芦苇，但不知为何，叶子只长在一侧，因而称为单边芦叶。

不知是风向还是水流的关系，抑或是阳光照射方向的缘故，总之，这儿生长的芦苇，叶子都只长在一边，因此，这个地方也被称为“单边渠”。

驹止桥正是架在这儿。

“单边芦叶的话，绝对不会认错。虽然当时我们还很年幼，却都坚守约定。”

“你们这样持续了多久？”源助问道。

彦次低声回答：

“没多久，大约一个月而已。藤兵卫老板察觉了……”

“美津，阿爸跟你说过多少次了，你还听不懂吗？”

美津紧闭双唇，回望着高个子藤兵卫的脸。彼此瞪视的父女，表情酷似得令人不禁要失礼地笑出来。双方都很顽固，都不肯让步。

然而当时的彦次根本没心情想这些。他全身打着冷战。近江屋藤兵卫虽然很可怕，但是彦次肚子饿得慌，自从美津拿剩饭给他，他便开始仰赖美津的饭。今晚万一拿不到饭，他就没东西吃了。

“阿爸是无情的人。”美津握着小小的拳头怒道。

“无情也好，什么都好，我不准你把剩饭拿给别人。就是这样。”

藤兵卫向女儿如此宣告后转向彦次。他摇晃着厚实的肩膀，阔步走过来。彦次打了个寒战，缩着身子。

“你叫什么名字？几岁了？”

彦次说不出话来。一阵麻木像胆小的动物逃窜般快速从他的膝盖流过脚跟。

“怎么了？不会说话吗？”

“为什么那样问人家？问了又怎样？反正阿爸最后还是会赶

走人家。”

藤兵卫推开挺身而出的美津，将脸挨近彦次。

“说不出来就算了，可是你应该听得到吧？你仔细听我现在要讲的话。听好，美津给你的这些饭，是近江屋打算丢进大川的饭。而来要这些饭的你，就跟这儿附近的狗一样，你觉得这样好吗？你愿意沦为狗吗？”

彦次答不出话。美津哭了出来。

“我们家不是救济小屋。如果你想要别人给你饭，到别处去。”

藤兵卫回头望着美津说道：

“下回要是再让阿爸发现你这样，到时候自有阿爸的做法。你要听阿爸的吩咐，懂了没？”

藤兵卫说完大踏步离去。近江屋的厨房后门，只有美津的抽噎声。铺子里的伙计应该听到了动静，却没人出来探看。屋内毫无声响。薄刃般的月亮高挂在天空。

“小姐，”彦次好不容易才对着哭个不停的美津说道，“我……以后不会再来了。”

美津抬起哭得乱七八糟的脸。

“因为阿爸他……他说了那么难听的话吗？”

“不是因为那样。我……我……”

彦次清了清喉咙，强忍着往上涌的眼泪。那是为美津而流的眼泪，也是心有不甘的眼泪。

“我会自己想办法，我会想办法成为以后能报答小姐这份恩情的人。”

美津脸颊上挂着泪痕，目不转睛地望着彦次。彦次觉得她那双黑眸比暗夜还漆黑，比水晶还澄澈。

美津悄悄触摸彦次的手。美津的手细嫩得犹如丝绸，而且温热。

“你能跟我约定吗？”

“是，一定。”

“世间有很多像我阿爸那样的人，你以后一定会吃很多苦。”

“我绝不会气馁。”

“我等你。”美津微笑道，“我会一直等你，等你出人头地后再来找我。我会一直等你……”

“结果你之后就到我这儿来当学徒？”

源助又倒了酒，如此问彦次。

“是的。那时阿母病情好转了……我曾经在木材批发商店那里跌倒过，本来以为大概找不到肯收留我的铺子，所幸大杂院的管理人从中帮我说情，才能到老板的铺子当学徒。”

“最近啊，来吃你擀的面条的客人增多了。太好了。”

“这都是托老板的福……”还沉醉在回忆里的彦次又说，“以及美津小姐的福。”

源助一副欲言又止的样子，默不作声。彦次突然笑了笑，继续说：

“我十二岁到老板的五六八荞麦面铺当学徒。刚开始工作太辛苦时，我都会想办法抽空到驹止桥去看单边芦叶。”

“那时我也察觉了，你有时会突然消失半个时辰左右。”

“对不起。”彦次低首致歉，“不过最后一次去看单边芦叶，是在十六岁那年的佣工休息日，再来就是这回的藤兵卫葬礼，我第一次过大川回去本所。”

源助想了一下说道：

“美津小姐招赘，应该也是那年吧？”

“是的。”

“那是个看上去很懦弱的男人。美津小姐最初埋怨不休，死不答应。”

“……老板，”彦次双手搁在膝上，挺起背脊，“我当然很遗憾，很悲伤，可是那时我已经不是孩子了。再怎么看，我跟近江屋小姐根本不般配。这世上有些事必须量力而行，我早就有这种辨别能力了，小姐应该也有。我们的约定不是那一种的。”

只是——彦次俯视着自己的手，双手已变得白净，这是一双荞麦面铺人的手。

“那个约定一直是我的精神支柱，而且我还做了个美梦。我想正因为有那个约定，我才能在老板的铺子撑下去。美津小姐不但救了快饿死的我们，还让我做了个美梦，让我成为可以规规矩矩过日子的男人。每当看到单边芦叶，我总会想起我跟小姐过去的约定。像我这种人，她竟给了我那些回忆，光这样我就很满足了。”

“我铺子里的学徒，只有你没有逃回家。”

源助笑着如此说道。

“美津小姐是个很体贴的人，她根本不可能杀人。”

“你这样认为吗？”

源助对饭馆老板摇着空酒壶，然后又望着彦次。

“可是啊，彦次，根据我从回向院茂七那儿听来的，美津确实有可疑的地方。”

彦次想回嘴，源助制止他，接着说：

“藤兵卫和美津吵架，大抵都是为了钱。美津好像时常擅自挪用铺子里的钱。虽然她招赘了，表面上美津夫妇是主人，但握有实权的是藤兵卫。只要藤兵卫活在世上，美津就不能自由动用近江屋的财产，也不能改变她所厌恶的生意手段。”

彦次嗤之以鼻地说：

“像美津小姐那样娇弱的人，怎么可能打死一个大男人！”

“不过就算不是她亲自动手，也可以托别人吧？”

彦次张大嘴说：

“你是说……美津小姐雇人杀死自己的父亲？”

源助看着从酒壶里倒出来的酒，点点头说：

“那天晚上，藤兵卫是到日本桥通町的亲戚家去，而且听说只有美津知道藤兵卫的行踪。那晚下着毛毛雨，他没叫轿子，自己走路回家，六刻半[1]离开日本桥，被人在驹止桥发现他的尸体时是四刻[2]。这中间有点久，但从验尸结果来看，藤兵卫好像喝了点酒，所以他可能在回程途中绕去酒馆。回家时，在驹止桥遇到埋伏的凶手，然后被杀，凶手再佯装打劫，将尸体丢在桥上。”

彦次哑口无言，只瞪视着源助。

“所以茂七目前正小心地监视美津。如果是托人下手，对方一定会来找美津。”

“还有啊……”源助喝下含在口中的酒，歪着头说，“据说藤兵卫那双大家都很熟悉的木屐，以及他的衣袖，除了泥巴还沾着很奇怪的类似木屑的东西。”

藤兵卫的木屐也是出了名的。明明是大铺子老板，藤兵卫却

---

[1] 晚上七点。

[2] 晚上十点。

讨厌穿草鞋[1]，不论上哪儿总是踢踢跶跶踩着木屐出门。

“茂七也说，从这些线索或许可以知道什么——”

彦次极力控制声调并打断源助的话：

“我不相信有那种事，又没任何证据。”

“说得也是……可是既然藤兵卫过世了，往后美津就可以自由掌控近江屋了。美津的丈夫原本是铺子的伙计，在美津面前根本抬不起头。”

“我不想再听。”彦次厉声说道，“首先，为什么老板知道这些事？回向院的茂七头子根本不可能毫无隐瞒地告诉老板这些话。”

“啊，醉得很舒服。”源助故意不看彦次，慢条斯理地转动着脖子说，“我好像多管闲事了。”

源助站起身，打算走出铺子时再度认真地对彦次说：

“彦次，你不用顾虑，去给藤兵卫上香吧。对死者来说，你去上香是最好的祭拜。”

“我？”彦次作呕地说道。

---

[1] 此处的草鞋并不是一般市井小民穿的草鞋，而是一种大户人家穿的高级竹皮履。

2

当天晚上，彦次辗转不寐，瞪着天花板。同住一个房间的伙计在一旁的被褥里很舒服地打鼾。

美津小姐不可能杀人。

源助的那一番话在彦次的脑海里盘旋不去。彦次为了赶出那些话，最后只得拉上被子蒙住头。他很想当作从没听过那些话，很想忘得一干二净。

过了一会儿，他又自被子边露出眼睛。

好像有什么事，他觉得有件很重要的事梗在心里，可是却想不出究竟是什么事。

“可恶！”

彦次又蒙上被子。

第二天早上，他精神恍惚地在井边洗脸时突然恍然大悟。

昨晚下了点雨，是暖和的春雨，地面有些泥泞。彦次趿拉的木屐屐齿也沾了软软的泥巴。

藤兵卫的木屐和衣袖沾着类似木屑的东西。

那姑娘，那个簌簌掉泪、双手合掌的姑娘离开后，地面上也有木屑。

彦次没有擅自展开行动。他深知自己一个人绝对无法找到只见过一面的人。他改而造访回向院茂七，将自己的所见所思都告诉茂七。

“也许藤兵卫老板自通町回家时，绕到那姑娘的家，或绕到那姑娘工作的铺子。那么，那姑娘应该是最后一个看到藤兵卫老板的。我看到那姑娘时，觉得她好像有什么隐情。”

茂七今年五十岁，领捕棍有二十五年了。他听完彦次的话，抚摸已然全秃的头顶，喃喃自语：

“难道是木屐铺？”

“木屐？”

“你不是说闻到了桐木香吗？再说，藤兵卫的木屐每次都不知道是去哪儿亲自买来的。那男人是个彪形大汉，应该是定做的。”

“可是不一定是木屐，也许是衣柜……”

“木屐和衣柜刨出来的木屑形状不一样。我看到藤兵卫的木屐时，马上就察觉到这件事，因为光从木屐铺前路过也会沾上木屑。”

茂七频频摸着光秃秃的头接着说：

“喂，你要是再遇见那姑娘，认得出来吗？”

彦次用力点头。

之后，不到半个月，茂七带来消息。

“找到了？”

彦次不禁将手上的笊篱抛了出去。源助在他的小腿上狠狠踢了一脚，接着说：

“快去吧。”

茂七带彦次前往日本桥本町大街，拐进巷子，站在一家小木屐铺前。

“定制鞋类”，这个被雨水冲淡字迹的招牌在铺前摇晃着。那是随处可见的租屋，看似会漏水的木板屋顶摇摇欲坠。即使如此，铺子门面还是打扫得很干净，在不妨碍行人的地方并排放着两盆小菊花，为铺子增色。

虽说是木屐铺，但这儿不是小卖铺，而是专门为人定制的铺子，做好的商品会批发给规模更大的木屐铺。

一打开门，眼前就是泥地工作场，排列着未完成的木屐，厚两寸五分、宽四寸的桐木木板，粗刨子，锯子，砥石粉，等等。乍看之下杂乱无章，但工作起来很方便。

“对不起，有人在吗？”

里面传出回应茂七的一声高呼“是”。

“请进。”里屋响起轻轻的脚步声。在清新的桐木香中，彦次和茂七交换了个眼色。

看到自铺子里出来的姑娘时，彦次马上就认出来了，正是那姑娘。

更令人吃惊的是，姑娘似乎也认出了彦次。跟葬礼那天一样，姑娘凝视着彦次，接着将视线转向茂七。

“抱歉，打搅了。我是回向院的茂七。这位是……”

茂七的开场白还未说完，姑娘已先缓缓低首致意。她那动作，看似一切都心里有数。

“我叫阿园。”她的声音清晰，甚至有点凛然，“我正打算，如果头子你们不来，我就去拜访头子。”

此时，凑巧有个男人拐进巷子，往这边走来。他的打扮类似师傅，但发髻蓬乱，脸因酗酒而发红，一看便知他不是失业就是即使有工作也无法上工。男人以锐利的目光环视彦次等三人，看到茂七插在腰带里的捕棍时，立即暗吃一惊睁大了混浊的双眼。他打开木板门，消失在毗邻的租屋里。

彦次感觉那男人的眼神令人不快。彦次望向茂七，他好像也有同感，皱着眉头，看着那男人直到他的身影消失。

“在这儿不大方便，请到里屋坐，虽然里屋很乱。”

阿园带两人来到工作场里面约四张榻榻米大的房间。

“是你在做木屐？”

茂七问道。阿园将盛了白开水的茶杯搁在小矮桌上，请客人喝，接着摇摇头说：

“那是我哥的工作。我只是帮忙拴木屐带，或帮忙送货而已。我哥现在到一个老主顾的旅馆商量定制木屐的事了。”

彦次和茂七都有点拘谨地喝着白开水。先开口的是阿园：

“近江屋的藤兵卫老板过世那晚，到这儿来了。”

茂七扬起眉毛说：

“真的？”

“我不说谎。我听到近江屋因藤兵卫阿爸的事，遭到那样的风言风语，正打算主动出面说明一切。”

“藤兵卫阿爸？”

彦次提高声音反问。茂七用眼神示意他稍等一下。

“藤兵卫来这儿做什么？”

“他来向我们收钱。”

“钱？”

“是。我们向藤兵卫阿爸借了钱。说好等我哥和我长大，能独力撑起这个铺子时再还。”

阿园垂下眼睑看着膝盖，之后又抬起头坚定地说：

“我父母原本在这附近开木屐铺，可是阿爸迷上赌博，在我哥十岁、我九岁那年，铺子倒了。阿爸不知逃去了哪里，阿母为了养我们，工作过于劳累，后来经常卧病在床。”

跟我一样。彦次在心里如此说道。

“房租也拖欠了许久，管理人跟我们说，虽然我们很可怜，但是没办法再睁一只眼闭一只眼了。我们连下一顿饭都没着落。我哥和我虽然很想护着我阿母活下去，却有心无力。”

阿园消沉地接着说：

“就在这时，藤兵卫阿爸来我家说，他跟这儿的管理人是旧识。”

“然后呢？藤兵卫怎么说？”

“他帮我哥找到可以去当学徒的铺子，就是现在批发我们木屐的那家铺子。然后他又帮我阿母办妥住养护所的手续，并让我去帮人带孩子。”

“只有九岁的你！”

茂七大吃一惊，口气有些责难。阿园点点头，双颊染上红晕。

“世人都说藤兵卫阿爸是个铁石心肠的人，是个守财奴，不过那是错的。这点我很清楚。”

阿园紧握着拳头——正是藤兵卫葬礼那天握着念珠的那双小手。

“阿爸告诉我们，钱的话，他有，而且也有能力养我们，可是他不能这样做。我们得长大成人，不能养成接受别人施舍的习惯。”

阿园猛然抬起头，双眼含泪接着说：

“只是光靠我哥和我两个人干活，日子还是没法撑下去，这时藤兵卫阿爸就会给我们钱。不过他每次都说，我不是施舍而是借，等你们长大了，可以自食其力时再还我。”

彦次暗暗压抑着羞赧的心情。你愿意沦为狗吗？藤兵卫的这句话又在耳边响起。

“去年秋天，我哥结束学徒工作，好不容易能在这儿开铺子，藤兵卫阿爸又借给我们钱，而且还说钱可以慢慢还，花很长的时间也没关系，我们确实已经长大了。之后，他就一直买我和我哥制作的木屐。”

“那么，那天晚上藤兵卫是来这儿收钱了……到底收了多少钱？”

“一分钱。我们还说，每次都只还一分钱的话，藤兵卫阿爸若不活到一百岁，恐怕还不完。阿爸每次都笑着说，他会活到一百岁。”

阿园深深吸了一口气，接着说：

“这就是藤兵卫阿爸的做法。他说不论是做生意还是活在世上，都不是轻松的事，所以更不能靠人施舍过活。施舍与救助不同。如果施舍别人，施舍这方可能会感觉很舒畅，但会让对方变成无用之人。”

阿园露出半是哭泣般的寂寞笑容。

“藤兵卫阿爸曾说，他为了近江屋丢弃醋饭，故意打响自己爱排场的名声，其实是为了渡过生意上的难关，那是他所能尽的最大努力。所以他告诉我们，要是听到有人批评近江屋藤兵卫是个铁石心肠的人，绝对不能反驳。他笑着说，铁石心肠和守财奴都是他的重要招牌。我们也一直听从阿爸的嘱咐。我想大概也有情况跟我们类似的人，只是我们不知道而已。”

过了一会儿，彦次总算开口说：

“阿园姑娘，你一直叫藤兵卫为藤兵卫阿爸吗？”

阿园点头说道：

“对我来说，他比亲生阿爸还重要。所以葬礼时，就算远远看一眼也好，我想送送他。”

这时，茂七冷不防抬手打断话题，他压低声音问：

“阿园姑娘，隔壁的那个男人是什么时候搬来的？”

茂七突然改变话题，阿园有点不知所措，皱起眉头说：

“一个月前搬来的。听说是个瓦匠，但他每天酗酒，几乎没去工作。”

茂七又小声问：

“藤兵卫老板来这儿的当晚，隔壁那男人在家吗？”

阿园歪着头说：

“我送藤兵卫阿爸到大街时，隔壁似乎亮着灯……”

“每天不去工作，却能喝酒喝到让人一眼就能看出来的程度，实在令人羡慕……”

茂七自言自语般地低声说完后，伸手轻轻敲了一下与隔壁分隔的薄墙，他说：

“彦次，你来帮我忙。阿园姑娘待在这儿，不要乱动。”

茂七来到外面，蹑手蹑脚地贴在隔壁的木板门上，接着一脚踢开了木板门。

那之后，对彦次来说是一眨眼的工夫。

他隐约看到那男人将耳朵贴在与阿园兄妹住屋之间的薄墙上，随即传来一阵啪嗒啪嗒的脚步声，接着是茂七的吼声：“屋后！屋后！”

彦次狂奔到屋后，还跑掉了一只草鞋，那男人正想攀过木板墙逃走。彦次毫不犹豫地拾起眼前的竹竿，向男人的背部挥打过去。男人惨叫一声跌到地上。茂七气喘吁吁地赶来，反扭住趴在地上还想逃的男人的手，熟练地绑上捕绳。

“彦次，你没事吧？话说回来，真不愧是做荞麦面的，很会使棍子。”

“这到底是……”

"阿园姑娘，你可以出来了。"

茂七好不容易调整好呼吸，出声喊道。

阿园睁大双眼，抱着双肘呆立一旁。彦次代她问道：

"这么说来，头子，是这家伙跟踪藤兵卫老板……"

彦次指着的那个男人似乎完全醒酒了，消瘦的下巴埋在胸前，缩成一团。

"是的。他大概是透过薄墙，听到隔壁的访客是近江屋藤兵卫吧，认为藤兵卫怀里肯定带了很多钱。"

3

男人名叫元六。被捕后不久，他便招认是他打死藤兵卫并拿走他怀里的钱的。

元六正如阿园所说的是个瓦匠，原本还认真干活，却因生性嗜酒，做出盗用公款的坏事，丢了信用与工作。

元六手头困窘。他一方面懊悔自己因一时过错而失去一切，另一方面又愤世嫉俗。

当他知道隔壁木屐铺的访客是那个近江屋藤兵卫时，肚子里一股无名火顿时涌了上来。近江屋藤兵卫不就是那个俗不可耐的家伙吗？而且，隔壁传来什么借钱还钱的谈话。难道寿司铺赚得还不够多，他又在暗地里放高利贷？那肮脏的家伙竟能活得那么舒服……

元六凭着自以为是的想法及莫名其妙的怒火，跟踪踏上回程的藤兵卫。藤兵卫走到驹止桥时，他从背后用石头殴打藤兵卫，杀死藤兵卫再拿走钱包。元六将用来行凶的石头丢进单边渠便逃回家，每天过着更加依赖酒的日子……据说元六是这么招供的。

数日之后，茂七陪彦次和阿园前往近江屋。他们是去给藤兵卫上香的，并向近江屋现在的主人美津夫妇致谢，后者是阿园特别要求的。

然而阿园并没有如愿。美津的丈夫为了安顿因藤兵卫过世而陷入一片混乱的众多分店，在外面四处奔波，美津也不知上哪儿去了，并不在家。接待他们的是在近江屋做了四十年、资格最老的掌柜。

掌柜听完整件事情的来龙去脉，以及阿园想要继续慢慢偿还借款的心意之后，慢条斯理地说：

“这事……我想，这事最好就一直藏在阿园姑娘的心里吧。”

彦次和阿园面面相觑。

“美津小姐……不，老板娘听到这事，肯定会不高兴，反而会更气大老板，说他对年幼的小孩也这样斤斤计较，竟将借款记在账簿上，还要对方还钱。”

“可是那是我们同意的。”阿园坚持说道，“藤兵卫阿……不，藤兵卫老板不是因为同情而施舍我们。他那样做，是为了将我们教育成懂得做生意、懂得买卖的大人。”

“我明白，我非常明白，可是老板娘无法理解。如果她能理解，也不会和大老板对立得这么厉害了。”

掌柜望着彦次和阿园，婉转地继续说：

“老板娘从来就不是在那种艰难的生意环境下长大的，而且她从小就有个遭世人批评的铁石心肠的爱排场的守财奴父亲，总之，那是个受人瞩目的父亲。老板娘有老板娘的立场，大概从小受尽屈辱，直到长大成人了都还怨恨父亲。因此，老板娘养成一种习惯，不论是谁她都‘施舍’，以弥补父亲的作为。”

彦次耳里响起了往昔那甜美的声音：你随时都可以来，我家多的是饭。

“以我的立场，我明白阿园姑娘的意思，也就是大老板生前所说的‘施舍’与‘救助’的不同。因为我们都有类似的经验。可是恐怕很难让老板娘理解这个道理，她每次跟大老板吵架都是为了这个。往后，她若因为生意而尝到苦头，从而理解这个道理的话，那就好了。”

正当他们要离开近江屋时，美津回来了。

彦次的心怦然一动。

她的发髻梳得整整齐齐，没有一根发丝散落，身穿散发着素雅光泽的合身衣服和雪白的布袜，修长的双手、脖子及丰满的脸颊，比布袜更白，近乎透明。

掌柜郑重其事地向美津介绍，阿园和彦次是昔日受过大老板恩惠特地来上香的。

听到彦次的名字，美津那双修得匀称的眉毛依旧纹丝不动。

“我在孩提时代，因为没饭吃，受过老板娘的帮助。”

彦次忍不住如此说道，她只温文一笑。

“原来是这样……我以前做过很多这种事。请你不用介意。”

美津说毕，再次彬彬有礼地寒暄一番，接着提起沙沙摆动的下摆，消失在里房。

“原来她已忘了我……”

回到驹止桥附近，彦次才如此说道。阿园默不作声。

那个单边芦叶到底有什么意义？难道小姐也忘了？

“彦次啊，我告诉你一件好事。”茂七笑道，“源助对这回的事那么清楚，你不觉得很奇怪吗？”

的确很怪，彦次疑惑地点头。

“是吧？因为啊，你能到源助铺子当学徒，正是近江屋藤兵卫从中说情的。”

彦次惊讶得几乎要停止呼吸。

“源助受藤兵卫之托，一直隐瞒这事，后来发生了那件事，他看你耿耿于怀，于是来找我，跟我打听内情。事情就是这样。”

茂七向两人挥了挥手，说了句“下回见”便转身离去，走了几步，又回过头来说：

“喂，彦次，你送阿园姑娘回家时，顺便定做一双新木屐如何？”

彦次和阿园站在驹止桥上目送茂七离去。冒出嫩芽的芦苇随风摇曳。

那是小孩子的约定……彦次暗忖。会忘掉也是人之常情。重要的是，那约定一直支撑自己走了过来。彦次强忍着落寞，如此说服自己。

“单边芦叶。”阿园突然喃喃自语，“真奇怪，为什么会这样？”

只长在一侧的叶子，宛如两人之间的回忆只留在一方的心里……

“正因不知道为什么，或许才好吧。”

彦次边说边随手咔吧折断一片芦苇叶。

東海道
庄野
白雨
保永堂板

第二篇

送行灯笼

1

阿伦会中选，是因为大野屋没有其他巳年生的女子，就只是这样而已。

并非小姐故意刁难——阿伦决定这样想。因为小姐的相思病非常严重，严重到无法思及在神无月[1]的丑时三刻[2]让刚满十二岁的阿伦出门办事是一件多么残忍的事。

大野屋是本所深川这一带规模最大的烟草批发商。阿伦八岁时，便到大野屋做事。至今，每有长辈交代的事情，她总是提早办好。由于这份细腻的心思，大家都视她为宝。

---

[1] 阴历十月。在这个月里，众神皆至出云，也就是说所有的神都不在。

[2] 深夜两点到两点半。

最近，阿伦最主要的工作是煮饭。大野屋是光伙计就有十一人的大家庭，每天早上，阿伦用竹筒吹火时，总是吹得小小胸膛几乎要裂了。阿伦刚开始负责煮饭时，每天忙到吃饭都会头昏眼花，甚至吃不下。

大野屋的小姐今年十五岁，逐渐有人来提亲了，有很多人是看中小姐的姿色。因为上面有个能干的哥哥，即使不谙生意，也没人会责难她。

反倒是小姐每天必须去学种种技艺，习字、三弦、古筝、舞蹈。热衷此事的仅有小姐母亲一人，小姐则半好玩地学，不过遇到喜事而必须在席上大显身手时，小姐那丰满美丽的脸颊也会骄傲地染上红晕。似乎只有在这种场合，她对老是催她去学技艺的母亲的那份不满才会消失得无影无踪。而陪伴小姐学技艺的差事，也是阿伦的工作之一。对还要负责家事的下女阿伦来说，日子过得实在忙碌。

不过忙碌的并非阿伦一人。小姐也在每天忙着学技艺的空当，为其他事操心伤神。

她不停地谈恋爱，经历过很多次恋爱，但她的恋爱直接连累到阿伦倒是头一回。

“我去劝一下小姐好了。小姐也有点太任性了。”

清助对阿伦这样说。他来到厨房泥地，弯下魁梧的身躯，在阿伦身边蹲下来。阿伦望着炉灶里的火光说道：

“不用，真的不用。”

在众伙计之中，就数清助最年轻。他出门去催收赊账时，频频鞠躬，回铺子里也频频鞠躬。话虽如此，他并不是那种会对学徒颐指气使的人，而是比较沉默寡言。能与清助亲密交谈的人很少，阿伦是其中之一。自阿伦刚到大野屋做事，清助还是学徒时便一直如此。

阿伦有时会这样想，清助确实对自己很温柔，不过那只是基于他想有个可以温柔以待的晚辈，好让自己感到舒心的一种情感罢了。

只是眼下这个时候，倒令阿伦有点吃惊。再怎么说，这回可是清助第一次说出近似非难小姐的话。而且清助不是为了其他人，而是要替阿伦撑腰，这令她很高兴。

“说是这么说，但是小姐实在太过分了。小伦，你不怕吗？”

小姐吩咐阿伦每天夜里丑时三刻去回向院里面捡一颗小石子回来，而且要持续一百夜。这期间，绝对不能让别人看到阿伦，绝对不能。

到了一百夜，积聚了一百颗小石子时，在每颗小石子上——

“写上心上人的名字，然后丢进大川。听说这样就可以和心上人结缘。”

小姐唱歌似的如此说道。

回向院本来就不是结缘神社，就算祈愿结缘，也没听过捡拾小石子的这种方法。小姐有位热衷于各种占卜的好友，据说这是那位姑娘的意思。对方说，缘分各式各样，结缘的祈愿方式也不止一种，而且因人而异。这种说法的确有道理，小姐完全信服了。阿伦知道，最近两人瞒着古筝老师热衷于此事。

“可是如果要祈愿结缘，小姐自己不去的话，好像不会有效果。”

清助说道。他抢走阿伦手中的吹火竹筒，用力吹着。火势大增，热气令阿伦眯起双眼。

“听说一定要巳年生的女子去祈愿，小姐才能跟对方结缘。”

“这简直是歪理。”

清助看似有点发怒地说道。

每次都这样。清助绝不会发怒，只是假装发怒。

“首先，在那种时候让小伦单独出门，万一碰到拐子，小姐能怎么办？”

“我跑得很快，绝不会让拐子带走。”

清助严肃地摇头。在煮熟的饭香中，他那一本正经的脸，因担忧而阴沉不已。

“你不能想得太简单，不特别小心不行。”

阿伦垂下头。

其实她怕得要命。怎么可能不怕？可是说出来也没用。

阿伦觉得小姐很聪明。小姐吩咐阿伦做这事时，对着阿伦合掌说“你就帮我这个忙吧”。并说，她会请求阿富允许阿伦在晚上外出，叫阿伦不用担心，她说完便一直望着阿伦的双眼。

阿富是大野屋最资深的下女总管，对阿伦来说，也是最可怕的监督者。况且，在大野屋里，恐怕她比身为亲生母亲的老板娘还要疼爱小姐，把小姐视若掌上明珠，是给小姐撑腰的人。只要小姐开口，她大概连江户城的石墙都会取来。

因此阿伦如果不答应小姐的祈愿的话，往后她在大野屋的日子大概会比走夜路还要艰苦。即使向老板、老板娘告状，害得小姐挨骂，等事情告一段落，阿伦还是只能待在属于阿富地盘的这个家。

既然如此，倒不如就忍着困意、寒冷和惧怕要来得好。

“……我代你去吧？”

清助小声说道。他的眼神忐忑不安，与其说他是要伸出援手，倒不如说是在征求阿伦的同意。

阿伦缓缓摇头。

“不行呀，一定要巳年生的女子才有效。”

“那……我陪小伦去好了。”

“这也不行，一定要我单独一个人，不能让其他人跟着。”

今晚开始要去祈愿，到晚上之前，阿伦还有一整天堆积如山的工作。这样不堪的心情，令阿伦突然想刁难清助。

“再说，清助先生，如果让小姐知道你陪我去，小姐大概会认为你在吃醋，说你存心想破坏她的恋情祈愿。”

清助魁梧的肩膀顿时垮了下来，阿伦当下就后悔了。大野屋无人不知，眼前这个高大的伙计暗恋着小姐——犹如被捕的鲸鱼思念大海那般暗恋小姐。

2

从大野屋到回向院，以阿伦的脚力要四分之一个时辰。

阿伦走出厨房后门，一阵寒风迎面吹来。夜里寒风刺骨。她缩着身子，连左手提的灯笼的火光也变暗了。

阿伦迈开脚步，每一步都让她离大野屋，离温暖的睡铺，离虽不快乐却安全的地方愈来愈远。笼罩着街道的漆黑浓得仿佛伸手触摸就会有沉甸甸的感觉，若是吃进嘴里一定很苦。不知何处传来东西摆动的呼啦声，阿伦决定不去探究那“东西”，万一没找到什么的话，会更恐怖。

也不能回头，阿伦如此下定决心后拼命往前走。今晚没有月亮，或许被寒风吹走了。

走到半路时最恐怖，无论想逃回大野屋或奔向回向院都是同等距离。门板紧闭且熟睡中的商家或铺子里的人，大概听不到阿伦的叫声吧。若碰到拐子企图抓走阿伦，即使阿伦大喊，也不会有人听见吧。只有野狗会瞥见被抓走的阿伦拐进街角时的身影，只有绑着头巾叫卖荞麦面的小贩会捡到阿伦掉落的一只冰冷的草鞋。

经过本所元町的众多铺子，来到回向院附近时，阿伦不禁拔腿飞奔，灯笼也跟着摇晃，当她气喘吁吁跑进院内时突然被绊倒了。

那声音很可怕。在鸦雀无声的院内，阿伦觉得自己摔倒的声音似乎惊动了什么，令那个东西蠢蠢欲动。寒风阵阵，沙子吹进了阿伦的眼睛里。

阿伦手中握着小石子。石子很小，也很冰冷。阿伦站起来拍打衣服的下摆，双膝发抖地转过身。

接着，她回头往后看，觉得刚刚好像有人在看着她，让她十分害怕。

树丛中沙沙作响，四周一片漆黑，阿伦头也不回地奔逃。

飞奔，飞奔，只是飞奔。干脆就这样一直跑到大川，直接跳进河里。不过当右边出现两国桥时，阿伦的双脚转了个大弯，哭丧着脸跑到一之桥才停下来。

远处有灯笼的亮光。

孤零零的一盏灯笼。

晕黄的亮光后面是大川，以深沉的夜色为背景，飘浮在阿伦眼睛高度的地方。

寒冷的强风又刮了过来。阿伦睁大双眼。她虽因冷风而流出泪，却眨都不眨一眼。

远处的灯笼也不眨一眼。

阿伦蹑手蹑脚地往后退，接着缓缓闭上眼，再睁开。或许闭上眼睛的那一瞬间，灯笼会飞似的挨近阿伦，而灯笼后面或许有什么东西。

阿伦睁开眼睛，灯笼依旧纹风不动。

“是谁？”

阿伦小声问道，声音小到对方根本听不到。她问了才想到万一对方回应了，那该怎么办？

灯笼纹丝不动。阿伦拔腿就跑。

她迎着寒风，紧咬着牙根，咬得下巴隐隐发痛。

阿伦停了下来，回头看，一旁的路上滚着个大水桶，还有只蜷着身子的猫。那猫看着阿伦，轻轻叫了一声。

灯笼与方才一样，孤零零地浮在同样距离、同样高度。在晕黄的光圈里，看不到提灯笼的人。灯笼明明跟在阿伦身后，后面却没有人。

是送行灯笼，阿伦恍然大悟。

单独走夜路时，会有盏飘浮在半空的灯笼不即不离地跟在身后。这是本所七怪事之一，阿伦听老板说过这诡异的事情。像老板那般通情达理的人，果然是不说谎的。

灯笼透出晕黄的亮光。令人莫名感到一股暖意的那个亮光，与其说是灯笼，倒不如说是某种生物的目光要来得恰当些。

快到大野屋了。应该松一口气的阿伦，胸口却怦怦跳得喘不过气来。她知道大家都说送行灯笼的原形是狐狸或狸猫，甚至是不为人知的妖怪。而且若想让跟在身后的灯笼离开，就必须向灯笼致谢，抛掷一只草鞋和一个饭团；若不向灯笼致谢，发怒的灯笼——也就是灯笼的主人——会吃掉其尾随的那个人。阿伦很清楚这个说法。

所以她才想哭，想哭得不得了。要是抛出一只草鞋，明天开始就没有草鞋可穿，而且这个时候到哪儿去准备饭团？对方肯定会吃掉阿伦。

阿伦站在厨房后门的门板前哭泣。虽然没碰到拐子，但阿伦照样没办法活命。

“怎么了，小伦？”

清助的手搁在门板上，自门后探出头来。他白皙脸上的那双眸子显得乌黑。

阿伦边哭边指着身后。

“送行灯笼……”

灯笼消失了，身后只有呼啸而过的寒风，只有不知在何处的木板墙发出的咯吱声。

3

自那晚以来，送行灯笼每晚都跟在阿伦身后，每晚都不缺席地跟在她的身后。

三天之后，阿伦逐渐不再害怕。她发现送行灯笼在她去回向院的路上就已经跟在后面了。

阿伦也曾设法想确认灯笼到底何时出现。她有时会像平常开玩笑吓人那般边走边突然回头，但是灯笼并不在后面。她有点不安地继续往前走，之后再度回头时，晕黄的亮光已飘浮在夜色之中。每次都是如此。

这事阿伦只告诉了清助。他听后脸色发青地说：

“小伦，你被妖魔缠上了。一定是狐狸或狸猫搞的鬼。狐狸的话还好，要是狸猫就糟了。”

“为什么？”

“狐狸迷惑人时，会牵着那个人的手，自己走在前面，所以不会把他带到危险的地方。但狸猫很笨，迷惑人时绕到那个人身后，推着那个人的背往前走，那个人根本不知道会被推去哪里。”

“那要怎么分辨是狐狸还是狸猫迷惑我呢？”

清助没回答，只是一副看起来很悲哀的表情。

阿伦每晚从回向院回来，都会悄悄到小姐房里。小姐会立即接过阿伦捡拾的小石子，虽然她人在被子里，眼神却很清醒。小姐接过小石子的手，像怀炉那般温暖，然而那手宁可握着小石子也不肯握阿伦的手。

白天时，小姐如常出门习艺，阿伦则抱着布包跟在小姐后面。阿伦不时听着习字老师的声音或琴声打盹，不过她还是隐约听得见小姐与朋友窃窃私语时那如春天潺潺水流的说话声。

日复一日，那声音逐渐显得快活。阿伦不知道是不是祈愿起了作用，只是从偶尔听到的内容得知小姐爱慕的人是上个月在夜市认识的。而且那个人不像时下的恋人那般，可以在小姐想见面时就见面。

是铺子伙计，还是戏棚的戏子？

仅有一次，在习字回家的路上，阿伦看到应该是小姐对象的那个人。那人身材修长，站在阿伦与小姐回家的路旁，小姐发现那个人时吩咐阿伦先回去。

阿伦往前走了一段，尽管对小姐有点过意不去，但还是折了回来，她瞥见两人在一起的身影。她看到小姐的手搁在对方的胳膊上，两个影子看似要粘在一起了。

当时，小姐那白皙的手清晰地映入了阿伦的眼帘，白得犹如始终蜷伏在阴暗处的蛇腹，缠绕似的轻轻抓住了男子的手。

男子的脸上浮现出微笑，俯视着贴近小姐。虽然对方的打扮与一般人无异，但稍微嫌小的发髻结得很整齐，靠近的话，肯定可以闻到发油味，而且绝对不会像清助那样身上散发出尘埃、汗水以及烟草味。男子的手和指甲，大概也跟小姐一样干干净净。

小姐似乎说了什么，男子回应后，两人笑了起来。小姐的下巴动着，男子露出牙齿。阿伦看到男子那白皙得近乎冷酷的光滑牙齿。

那场景难看得令人作呕。阿伦不知道那男子是谁，心想就算知道，大概也无法对他有好感。她完全无法理解，小姐为什么那么喜欢那男子。无论两人到底为何而笑，阿伦觉得，他们聊的话题在其他人听来应该都不是那么有趣。

有关那男子与小姐的事，清助似乎比阿伦更清楚。

“我觉得小姐爱错人了。”

有一次，阿伦对清助这样说。那天从回向院回来时，清助帮阿伦留了一小盆火。

“小姐怎么会喜欢那种来历不明的男人？我觉得清助先生跟小姐比较配。”

清助默不作声。他倒了一杯白开水递给阿伦，那动作似乎是不想让阿伦看到他的表情。阿伦说他跟小姐很配时，清助内心也许很高兴。阿伦想到这里觉得有点不甘心。

无论阿伦怎么说，清助的态度始终没变。他能做的只是每晚送阿伦出门，然后等阿伦回来，确认阿伦平安无事而已。

祈愿了半个月左右，某天晚上，小姐也起来送阿伦出门。那时小姐和清助打了个照面，清助慌忙向小姐行礼。

“原来是阿清呀！”

小姐只说了这么一句。清助因不敢正视小姐穿着睡衣的身影，移开视线望向别处。小姐那双眼睛一直注视着清助。

“原来你也在帮我祈愿，真体贴。”

小姐贴近清助如此说道，跟那天贴近那男子一样。接着她默不作声地笑着，脸上挂着笑容回房去，留下环抱着犹如冷炭般冰冷大手的清助呆立在原地。

阿伦暗忖，迷住清助的到底是狐狸还是狸猫？

“清助先生，”阿伦问道，“你喜欢小姐吗？”

清助又圆又大的头点了一下。

“你为什么喜欢小姐呢？小姐对你一点都不温柔，你为什么喜欢她呢？”

清助没有回答，只是蜷缩着宽大的背。他转头望着阿伦，阿伦发现自己竟在不知不觉中握紧了小小的拳头。

“小伦是个好女孩。”清助对阿伦笑道，“小伦，送行灯笼或许很喜欢小伦，或许是非常喜欢小伦的某人。”

那晚，阿伦对着尾随在身后的灯笼小声问道：

“你是狐狸还是狸猫？”

灯笼飘浮在半空发出亮光。阿伦走在路上，灯笼跟在阿伦身后。阿伦与灯笼之间，总是保持同样的距离，但现在的阿伦有时会觉得若在夜色中伸出手，大概可以感觉得到跟在身后那盏灯笼的温暖，而那份温暖是类似清助的温暖。阿伦已不再害怕。

如此过了几晚，阿伦终于想到——

难道是清助先生？

清助虽然说过什么狐狸、狸猫的，其实是清助为了保护阿伦，悄悄跟在阿伦身后。想到这里，阿伦内心似乎也亮起了一盏灯笼。

4

事情发生在祈愿一个月后的某个晚上。

阿伦从回向院回来时，大野屋竟像醒了似的，整个铺子灯火通明，聚集了许多人。木板拉门脱落，掉落在路上。

有人叫醒大野屋的人。到底发生了什么事?

阿伦奔至厨房后门，有人从背后拉住阿伦说道：

“小伦？你是小伦吗？”

阿伦抬头一看，眼前正是负责这一带犯罪案件的捕吏——回向院茂七头子。头子蹲下身来，与阿伦眼睛一般高，然后搂住阿伦问话。头子身上传来一股咸味。

“你到哪儿去了？你一直都在什么地方？你没在屋里很幸运，不过你到底跑哪儿去了？”

阿伦觉得喉咙很干。有人抬着木板出来，木板上躺了个人。那个人身上盖的不是席子，倒像是谁的衣服。这表示木板上的那个人没死。从遭人击破的门缝流泻出扇形的亮光，阿伦看到泥地上有点状的黑污，也看到被打翻的水缸。一条色彩鲜艳的腰带像死去女人的长发，长长地垂挂在木板沿和泥地之间。

“强盗闯了进来。”

茂七头子顺着阿伦的视线说道。

“里面很惨吗？”

阿伦好不容易才出声这么问。头子想了一下才回答：

“老板和老板娘都没事。倒是小姐差点遭殃，幸好伙计清助救了她，才没受伤。”

“清助先生受伤了？”

阿伦问道，头子点头说：

“不过你放心，他不要紧的，可以救的，一定有救的。”

茂七头子带阿伦到夜气吹不到的地方，跟阿伦说明事由。

闯进大野屋的强盗是最近轰动市内的一伙窃贼，奉行所[1]对此也深感棘手。他们的手法是行抢之前，先接近铺子里的人，再从那个人口中探出内情。因此一旦行抢时，手法残酷得如野火，一扫而空。

“小姐她……”阿伦不禁喃喃自语，“也许小姐她……小姐祈愿的对象是……”

茂七头子皱着浓眉问道：

“祈愿？祈什么愿？”

[1] 江户时代的衙门。

阿伦向头子和盘托出，茂七头子缓缓点着头说：

“原来如此，小姐爱慕的对象正是强盗那一伙人里的。小姐大概打算今晚和对方幽会吧，可是那男子一开始就是怀着其他意图来大野屋的。”

透出亮光的地方传来哭泣声。阿伦躲到茂七头子背后，接着她悄悄望着回来的方向。

唯有今晚，灯笼没跟在后面。

茂七头子察觉到阿伦凝视着路口，他朝那里瞥了一眼问：

“怎么了？有什么东西吗？”

阿伦默不作声。

阿伦去回向院的事，也在强盗闯入的那晚停止了。不久，伤口还未痊愈的清助便离开了大野屋。

铺子的人都说那是小姐的意思。小姐说，清助看到那晚的事，所以受不了清助待在身边。

“虽然他救了我，可是想到往后他始终记得救了我的事，还用让我想起那事的眼神看我，我就会受不了。他不会要我感恩，但大概也忘不了那件事，这一点我受不了。”

原来小姐不喜欢清助，阿伦心想，小姐完完全全不喜欢清助。

清助没跟铺子里的任何人告别就离开了大野屋。听说他将到同样是烟草批发商的老板远亲经营的铺子做事。那边没有嗣子，将来打算招清助入赘。清助没拒绝这门亲事。

清助明明喜欢小姐，却要当其他女人的赘婿。

那晚阿伦再度前往回向院。如果今晚送行灯笼跟在后面，无论如何她都要确认在灯笼后面的到底是谁。

寒风冰冷得令阿伦几乎冻僵，脚下发出敲打金属般的尖锐声。

阿伦走了一段路之后回头，跟在身后的只是一弯细长的月亮。她透过凛冽的夜气仔细瞧，依旧不见那亮光。

——那是喜欢小伦的某人，非常喜欢小伦的某人。

阿伦只是伫立在街头，凝望着漆黑。

廣重筆

第三篇

搁下渠

1

“看来像是岸涯小鬼的恶作剧。”

嘈杂的人声里传来特别洪亮的说话声，让阿静回头张望。

这里是两国桥东边桥头的一家麦饭铺，现在是中午时分。在这个光是呼吸就会流汗的季节，朴素的山药汁麦饭吸引了不少客人。对负责端菜的阿静来说，此时正是一天中最忙碌的时刻。

说这话的是负责本所深川一带的捕吏头子——回向院茂七。

“热天吃山药汁麦饭最好。只要把这个装进肚子里，就绝不会中暑。”

他老是这样说，也时常来吃饭。茂七通常都是单独来，今天身边却有个醒目的美女。

她年约三十，肤色白皙，脸颊丰满柔嫩，嘴唇的胭脂鲜艳夺目。

“哎，是富士春。”

听到斜眼瞧那女人的客人如此低声说道，阿静恍然大悟。

（原来是常磐津[1]的三弦老师……）

难怪打扮得这么时髦。

阿静想到自己比富士春年轻，却双手粗糙、头发干枯，而且系着围裙，突然悲从中来。

虽然阿静明知拿自己和以技艺为生的富士春比较，本来就不合理，但会这样想，全因为失去庄太之后太寂寞了。

庄太未过世之前，阿静认为自己是全江户最幸福的老婆，鲜眉亮眼，美得甚至不输吉原的花魁。

如果庄太在自己身边的话。

想到此，阿静再度感到无依无靠。那股想追随庄太而去的心情，像冷水般渗入体内。

“听说岸涯小鬼是水獭化成的妖怪？”

一旁响起铺子老板的声音，阿静这才回过神来。

“这个啊，有人说是水獭，也有人说是狐狸，各种说法都有，

[1] 一种古典音乐流派，一七四七年由常磐津文字太夫在江户开创，以三弦琴说唱的方式为歌舞伎舞蹈伴奏。

不过好像没人知道真相。”

茂七头子边扒饭边如此回答。

茂七，酱油颜色的脸，嘶哑的嗓音，已经到了有孙子都不足为奇的年纪，但聊得起劲儿时，简直像个天真的孩子。

不仅茂七，在座的客人也停下筷子，捧着大碗，一副轻松自在、无忧无虑的神情，侧耳细听或在一旁插嘴。

“说是这么说，但头子真相信那种事吗？”

坐在角落的年轻师傅奚落茂七。茂七“哦”地应了一声，接着说：

“当然相信，那传说是真的。我有个姜太公朋友，连钓的鱼都被拿走了，好不容易才逃回来。”

阿静不禁微微笑了起来。

他们说的是“搁下渠”的传说。正如那年轻小伙子所说，这的确不是头子平日的作风。

阿静继而又想，头子的这番闲谈大概是想替她打气。虽然他嘴巴上说了种种理由，但每隔两三天就来铺子，应该是惦念着她才来的吧。

这的确值得感谢，可是心里的那个创伤已无法弥补了。

“搁下渠吗？我本来以为那只是无聊的怪谈，顶多是狸猫的恶作剧而已。”

老板歪着头说道。

搁下渠是本所七怪事之一，阿静曾听人说过，也曾看过图画。

据说到了傍晚，若有满载而归的钓客兴高采烈地路经本所锦系渠附近，不知何处便会传来这样的叫唤：

“搁下……搁下。”

即使认为听错了而置之不理，那声音也会一直紧追在后。当事人害怕得跑回家后，才发现渔篓里已空无一物——这是传说的内容。

庄太以前曾如此笑道：

“多半是平素爱夸口的钓客，因钓不到鱼，为了挽回颜面而绞尽脑汁编造出来的鬼话。”

“难道你不怕？”

“叫卖鲜鱼的小贩，听到有人叫你搁下鱼，怎么可能真的搁下？所谓七怪事，起初应该只是一种俏皮话吧。”

庄太是个很有活力的人……每次想起他，阿静总会在心底哭泣。

“岸涯小鬼到底长什么样子？”

坐在后面的其他客人如此问道。茂七头子转过身子回应，来劲儿得简直口沫横飞。

“听说长得很恐怖。身子虽然只有小毛头那般大，但双手和双脚都有类似鱼鳍的蹼，而且指甲尖锐，头大约有酱油桶那么大，睁着婴儿头大小的眼睛，嘴巴大概是大板车车轮的一半大，嘴里长满匕首般的獠牙。不管是鲤鱼还是其他鱼，它都能连头带尾嚼得咯吱作响，连骨头都不剩。而且啊……”头子煞有介事地压低声音继续说，“听说碰到岸涯小鬼时，必须丢出渔篓内最肥美的鱼，趁那家伙吃鱼时赶快逃走，要不然会被那家伙吃掉。”

店里笑语喧哗。富士春也静静地微笑。

“搁下渠会出现岸涯小鬼，是真的吗？”

“当然是真的。我家的小伙子还看过它的脚印。”

这回客人不禁喧闹起来。

“什么样的脚印？”

“听说跟大得出奇的青蛙很类似。那小子不是胆小的家伙，但看到脚印时也吓得几乎直不起腰，爬着回来了。”

“脚印往哪里走？”

老板探出身子问道。头子竖起手指示意方向。

“听说一直到三之桥那边。我赶到现场时，脚印就消失了，太可惜了。”

阿静首次感到震惊。

阿静住在三之桥附近——绿町五丁目竖川旁的十户毗连大

杂院。

心里发毛的并非阿静一个人，其他客人也格外安静。

接着响起一个分外响亮，像要一笑置之的声音，是个刚进门、看似游手好闲的男人，脸颊上有个大伤疤。他相貌和善，一副机灵的样子。

“这没什么，在我家乡不叫‘岸涯小鬼’。外观虽然有点可怕，但光吃鱼，不使坏。”

“那原形到底是什么？”

男人哼了一声说：

“听说是死不瞑目的渔夫或鱼贩转世投胎的。”

铺子里笼罩着与方才意味不同的静默。

在这麦饭铺出入的客人大多知道阿静的身世，不但知道阿静过世的丈夫庄太是鱼贩，也知道庄太死于非命。

“喂，你别胡说八道。”邻座客人责难地说。

游手好闲的男人抬起下巴说道：

“我哪里胡说八道了？在我家乡的确是这么说的。卖鱼为生的人横死、不能瞑目时，就会变成岸涯小鬼。”

邻座男人也一副要打架的模样，撑起上半身。茂七头子居中调解：

“大男人没必要为这种事吹胡子瞪眼睛。是我不对，不该提这事。说来说去，岸涯小鬼应该是水獭化成的妖怪，一定是这样的。”

不久，头子打算离开铺子时看着阿静，扬了一下眉毛。

（抱歉，事情竟变成这样。）

他的表情似乎是这个意思。阿静默默鞠躬。跟在头子身后的富士春，也一副要阿静谅察的样子微微点头。

接着，有那么一会儿，她有口难言地望着阿静。那眼神强烈得令阿静不禁往后退，只是她终究没开口说半句话。

（这人好文静……可是她为什么那样看我？）

对方是常磐津三弦老师，声音应该娇滴悦耳，也应该很大方。如果她有话想对阿静说，不可能沉默不语。

阿静有些在意，事后不动声色地提起富士春的事，麦饭铺老板竟说了些出人意料的话。

“她很可怜。本来声音很好听。”

“本来声音很好听……”

“是啊。听说喉咙长了恶性肿瘤，声音哑了。叫不出声的杜鹃鸟，太可怜了。”

“以前就这样吗？”

“不，好像是一个月前恶化的。邻居发现富士春痛苦得喘不过气来，用木板把她抬到了町医生那儿。”

富士春那有口难言的眼神浮现在阿静的脑子里。

原来那么美的人也会遭遇不幸。

人生真是不如意之事十之八九。活在这世上，根本没一件好事。思及此，阿静不禁停下洗碗的手，失神地呆立一旁。

2

阿静今年二十四岁，带着刚满周岁的角太郎，白天在麦饭铺做事，晚上忙着针线活的副业。母子俩如此相依为命的日子已过了一个月。

她与过世的丈夫庄太，是两情相悦结为夫妻的。夫妻感情好得令人羡慕，两人也有梦想，打算努力工作存钱，将来在大街开铺子，没想到庄太竟死于非命。

一个月前，梅雨季节总算结束了。当令人心情愉快的季节来临时，庄太却不知被谁杀害了。

庄太的尸体浮在大川旁的百本杭。他那天如常到鱼市进货，之后也有很多人看到他在叫卖。不料他在傍晚时突然失踪，过了回家时间还不见人影，正当阿静担忧不已时，传来的竟是他的死讯。

他并非溺死，脖子上留下明显的被人绞死的痕迹。

回向院的茂七头子一面安慰哭泣不已的阿静，一面竭力追查凶手。

然而一点线索都没有，无论如何调查，都找不到庄太惨遭杀害的原因。

“你别灰心。一边料理后事，一边耐心等着吧。”

头子这么说道，并为了阿静和角太郎往后的生计帮她找了工作，正是在麦饭铺工作。

角太郎还小，阿静决心不论怎么拼命工作，也要把孩子养大，否则对不起庄太。

话虽如此，但每当她望着呼呼熟睡的角太郎，将座灯拉到身边一针一针缝衣服时，看到角太郎那天真的脸孔，有时会想到庄太开朗的脸庞，此时，阿静便会陷入笔墨难以形容的孤寂。

阿静本就不是刚强的女子。庄太之所以会爱上阿静，正是因为阿静的那种娇柔，那种放她单独一人似乎就会消失了的柔弱。

“你什么都不用担心，有我在。”

这是庄太的口头禅。阿静倚仗着他，全然让他呵护着，过着虽贫穷却也安枕无忧的日子。

（庄太，我一个人真的活不下去。角太郎也很可怜……）

阿静现在有时仍会蒙着薄被哭泣，更常因思念庄太而食不下咽。

“你这样怎么活下去？要坚强起来。”

帮忙照顾角太郎的邻居阿丰，不时如此斥责阿静。最近阿丰更是愈说愈严厉。

“要是我，丈夫不在反而落得轻松。”

可是我不是呀，阿静心想，我没有庄太就活不下去。

至今她也曾几度想要自杀。

就在五天前，她陪角太郎睡觉时，眼泪盈眶，无法自制，心想活着也没什么意思，不如抱着角太郎去跳大川，到阴间和庄太在一起。

她抱着孩子，在外面走了很长一段时间。话虽如此，但她并没有走远。因为她担心别人盘问，而且真在暗夜里行走，连走在大川附近都觉得恐怖。

她只能在大杂院附近徘徊，待东方出现朝霞时，才边哭边回到被窝里。角太郎始终睡得很熟。

今晚阿静又失眠了，一直望着角太郎的睡脸。

白天他们说的是真的吗？

在搁下渠出现的那个岸涯小鬼，是靠鱼为生的人投胎转世……这可能吗？

说是这么说，其实阿静也想过，庄太的灵魂或许还未升天，仍在阿静和角太郎身边徘徊。

阿静认为庄太不可能瞑目。角太郎正是可爱的时候。男孩学说话比较慢，但角太郎最近偶尔会咿咿呀呀地说些听起来像是“阿爸”“阿母”的单音。虽然他还不会走路，但是只要牵着他的手，他也会“嗨哟”地站起来，为他“瞧，站起来了”这样欢呼时，他会拍着圆胖的小手笑得很高兴。

阿静的脸颊上挂着几道泪痕，天快亮时，她才睡了一会儿。

不到半个时辰，她便起床了。阿静的早上比任何人都开始得早。直到角太郎不用包尿布为止，她得洗的衣物比别人家多了许多，何况还有必须趁孩子睡觉时做的家事。

打开关不紧的门，仰望灰蒙蒙的天空，阿静用手指轻轻压着肿胀的眼皮，这时——

有个东西映入阿静的眼帘。

大杂院水沟盖一旁的地面总是湿漉漉的，那里有脚印。

脚印朝阿静家走去。

这脚印很大，比阿静的大。指甲很长，而且……

（是蹼。）

阿静蹲下来仔细看，指甲间的确有看似刷子刷过的模糊痕迹。

这不是人的脚印。

仿佛有人在呼唤似的，阿静倏地站起身，从巷子大门至井旁，一路寻找这脚印。

接着，她在伸手一碰就会发出咯吱声响的巷子大门旁发现了另一个脚印。

这个脚印是朝走出大门的方向而去的，比刚才那个模糊。

阿静不禁仰望大门上方。房东所写的简略名牌里，“庄太”两字仍与其他房客的名字并列，挂在那儿。

阿静走出大门，继续往前找，却找不到其他脚印。

很难不叫人想起昨天大家所说的岸涯小鬼。

这脚印，如果是庄太投胎转世后的脚印，而且他想回到自己和角太郎身边的话——

阿静摇了摇头，打消了这个念头。

不可能有这种事。这大概是邻家的辰造又喝醉酒回来时拖着踉跄的脚步留下的。由于喝醉了走错门，他才在阿静家门口留下了脚印吧。

阿静拿着扫帚，将两个模糊的脚印扫掉，万一让其他孩子看到了会引起骚动。

脚印虽然自地面上消失了，却在阿静心中留了下来，这可就无论如何也扫不掉了。

接连的第二天、第三天，脚印又出现了。

3

第四天晚上，阿静终于下定决心。

她决定到锦系渠，也就是搁下渠去一趟。她想亲眼去瞧个究竟。

岸涯小鬼是否真的会出现，而那小鬼是否真如麦饭铺那个游手好闲的男人所说的，是人投胎转世的。

（我要去看看，到底是不是我家那口子投胎转世的。）

从三之桥到锦系渠，以女人的脚力必须走四分之一个时辰。再说，妖怪不可能在白天出现，不到傍晚过后，去了也没用。

太可怕了。

庄太还在世时，阿静曾去过夜市，也曾在傍晚到大川旁乘凉散步。

可是独自一个人过日子以来，要阿静在傍晚出门，简直要有自二楼跳下去的勇气。

何况自从七怪事造成轰动之后，连钓客都难得到搁下渠附近，妇孺就更不用说了。姑且不管是否真有骇人的声音向人呼唤“搁下”，大家早就知道那一带非常荒凉。

角太郎怎么办呢？阿静犹豫不决。将他留在屋里，她也不放心；托阿丰照顾的话，就必须找一个圆滑的借口。阿丰那人相当敏感，软弱的阿静一经她追问，恐怕会结结巴巴说不出话来。

一起带去吧，最后阿静这么决定，紧紧抱在怀里就行了。再说，如果那妖怪是庄太投胎转世的，如果庄太是为了想见阿静和角太郎而回到这里的话，那就一定不会伤害阿静母子，或许见到角太郎还会很高兴。

所幸今晚是个月夜。

五刻半[1]时，阿静抱着熟睡的角太郎，只手提着灯笼走出大杂院。万一途中有人问起，就说孩子急症，要带去看医生。

阿静沿着竖川一路小跑，经过北辻桥。在不见灯火也不见行人的街道铺子之间，阿静犹如胆小的老鼠，尽量往阴暗处跑。夜路实在很奇怪，阿静总觉得背后有人跟踪。

搁下渠正如其名，像被整个城市搁在后头那般，是个荒凉的地方。稀稀落落的桩子像老人的牙齿，上面缠着湿漉漉的芦苇叶。阿静头上摇曳的柳枝，每逢有风吹起，便像烟雾般左右飘荡，并发出低微的窃窃私语声。听在阿静耳里，那声音像是在说“兮兮兮……兮兮兮……”，仿佛有人在打冷战似的。

阿静面向沟渠靠着柳树干，俯视深深沉滞的漆黑的水面。

---

[1] 晚上九点。

兮兮兮……兮兮兮……

四周鸦雀无声，只有柳枝摇曳。

这样到底等了多久？

除了静寂还是静寂。阿静因为害怕与悲伤，又想到自己怎么会迷迷糊糊来到这里，愈发觉得自己和角太郎很可怜，不禁哭了出来，接着她转身迈出步子打算回家。

这时，有个像要揪住阿静的声音响起：

“搁下。”

阿静的心脏简直要跳出来了。

她呆立原地。

“搁下。”

那声音低沉沙哑，却大得隔着一条街也能听到。不是人声，人不会发出这种声音。

阿静紧紧抱着角太郎，回过头去。

“搁下。”

那个声音再度响起。

“是你吗？”

阿静鼓起勇气，好不容易才出声问道。她的声音听起来很遥远。

“是庄太吗？”

过了许久都没有回应。柳叶在风中作响。

"阿静。"

那声音说道。

阿静的手起了鸡皮疙瘩，一股寒气自头顶贯穿全身。

"是庄太吗？"

阿静全身不停地颤抖，她往沟渠靠近一步，举起灯笼照看。

那声音哀叹地说：

"见不得人。"

接着传来扑通跳进水中的声音。

阿静茫然呆立了一会儿，随即转身逃开。

那东西呼喊我的名字，而且还很痛苦地说"见不得人"。

绝对错不了，那是庄太。他为了见我和角太郎，变成见不得人的岸涯小鬼，却无法回到自己家中，也无法在我面前现身，只能哀叹一声，逃进水中。

阿静边哭边跑，直到可以看到大杂院的大门才放慢脚步。角太郎醒了，一脸莫名其妙地仰望着母亲。

"阿静。"

阿静听到有人喊她，吓了一大跳。

原来站在眼前的是阿丰。

4

“如果真是这样，一定要祭拜，想办法让庄太瞑目。”

听阿静说完事情的来龙去脉，阿丰斩钉截铁地如此说道。

阿丰说觉得阿静最近有些奇怪，早就在留意她了。今晚阿丰发现阿静悄悄出门，自己追到半路跟丢了。

“可是我该怎么做呢？”

阿丰握着边擦泪边喃喃自语的阿静的手说：

“明天晚上，我陪你去。你明天要跟庄太好好说，问他到底你要怎么做才好。”

于是第二天晚上，在同一时刻，阿静和阿丰手牵手再度前往搁下渠。阿丰帮阿静背着角太郎。阿静提着灯笼，又捧着笊篱，里面盛了几片鲤鱼肉。

这本是穷人家平素吃不起的东西，但庄太生前很爱吃鲤鱼生鱼片。这是阿丰的建议，虽买不起整条鲤鱼，至少可以买些鱼头和几片鱼肉给庄太。

站在昨晚那棵柳树旁，阿静鼓起勇气呼喊：

“庄太，阿静来了。”

她接着又说：

“庄太，没什么见不得人的。只要是你，不管变成什么样子，我都不怕。我也带角太郎来了。请你出来和我们见见面，至少让我们听听你的声音。”

阿丰以眼神示意，催促阿静将笊篱内的鲤鱼抛到水里。

扑通——扑通——扑通。

水面出现涟漪，旋即消失了。

阿丰这时突然扯阿静的袖子。

“嘘，有人来了。”

吹熄了灯，两人慌忙躲进芦苇丛里。

两盏灯笼摇摇晃晃地挨近。像是赤脚踩在地面的脚步声，来到沟渠附近，走走停停，犹豫不决了好几次。

“我们回家吧。”女人的声音说道。

“不，不行。总之不看个究竟不行。”男人的声音说道。

阿静徐徐抬起头来。

（是川越屋夫妻……）

那是菊川町一家梳妆品批发商店的老板和老板娘，也是庄太的老主顾。庄太时常抱怨，老板娘阿光是个很挑剔的人。

“我很讨厌那种女人。那女人默不作声地看着人时，让人总觉得像是被蛇盯上了。”

阿静也听说老板吉兵卫很胆小，在阿光面前抬不起头。

这对夫妻跟方才的阿丰与阿静一样，彼此依偎站在沟渠旁。

冷不防地，那声音响起了：

“川越屋。”

阿丰缩了缩身子，阿静也吓了一跳，将手贴在胸前。

阿光的灯笼掉了，烧了起来，突然照亮的沟渠旁，只见夫妻俩脸色十分苍白。

“川越屋。”

声音再度呼喊着，吉兵卫吓得站不稳，好不容易才开口说：

“是我们，是我们。”

阿光想躲到吉兵卫背后，吉兵卫却想将阿光推到前面。

“搁下。”声音接着喊道。

“要搁下什么？”

全身发抖的吉兵卫问道。声音立即回答：

“阿光。”

阿光惨叫一声，拔腿就跑，吉兵卫却一把抓住她的后颈，将她拉回来。

“把这家伙搁下，就能饶过我吗？”

“别开玩笑，不是我，找人杀死你的不是我啊！”

阿光如此嚷嚷。阿静与阿丰在芦苇丛里面面相觑。

“找人杀死？”阿丰低声说着。

阿光发狂般挥舞着双手，继续大喊：

“杀死你的不是我，是这个老头儿。我告诉他也许你看到了我对富士春下毒，这人很胆小，老是担心你会向办事处报案……”

阿静听得目瞪口呆。富士春正是那位和茂七头子到麦饭铺吃饭，因喉咙生病，没发出半点声音的常磐津三弦老师。

“……他担心得连晚上也睡不着觉，所以花钱雇了本地几个地痞，把你杀了，和我一点关系都没有，都是这个人做的！”

阿丰拉了拉阿静的袖子说道：

“走，去跟茂七头子报告。”

阿静和阿丰正打算站起身时，拉拉扯扯的川越屋夫妻也争先恐后地逃走了。阿静两人等他们离开，才往另一个方向跑去。

两人身后响起啃咬东西的咯吱声。

5

过了两天，茂七头子又到阿静工作的麦饭铺里。

“今天我不是客人，不过我要借用一下阿静。”

茂七头子说完，便带着阿静到附近的甜酒酿铺。

“川越屋夫妻总算招供了。”

茂七喝了一口甜酒酿，开口说道。

阿静垂眼望着膝盖，微微点头。

“我在搁下渠听到了事情的详细经过，就认为一切都拜托头子肯定没问题。”

事情果然就如阿光那晚失去理智时所嚷嚷的，是川越屋吉兵卫雇人杀死庄太的。

“事情的起因其实很无聊。一开始是因为吉兵卫爱上了常磐津三弦老师富士春。”

据说富士春的声音非常圆润悦耳，听到她的声音，连樱花花蕾也会在寒冬绽放。

“或许吉兵卫本来就别有居心，但他最初只是迷上了富士春的声音。而富士春早已名花有主，吉兵卫只是来学三弦的弟子，她根本不放在眼里。但是那个老媳妇阿光，是个醋劲很大的女人，她气不过当家的迷上富士春，受不了那会迷住男人的声音，好几次闯进富士春的排练场无理取闹。富士春也是个好强的女人，当然不会就此认输。论胆量、口才，富士春都在阿光之上，每次都把她修理得哑口无言。”

茂七皱起眉头继续说道：

“大概正是因为这样才惹祸上身。阿光终于气昏了头，在富士春家的水缸里偷偷掺了会烧灼喉咙的药。”

“那么富士春老师不是喉咙生病才发不出声音的？”

“对，那是她对外的说法而已。她大概再也无法恢复原来的声音了，甚至差点连命都没了。”

头子皱起眉头，抚摩着喉头，继续说：

“阿光狠狠整了她憎恨的富士春之后，本以为可以出一口气，可是她悄悄从富士春家出来时，却被你家庄太看到了。”

庄太毫不知情。阿光平素就待人冷淡，眼神总像充满了怒意，有话也不明讲，所以庄太毫不起疑。

“再说，富士春本人虽然隐约察觉到是阿光干的，但为了体面，她无法明说是因弟子的老婆吃醋，下毒灼伤了她的喉咙。要是对方反问有没有证据，事情恐怕就会不了了之。因此，她下定决心有朝一日一定要报仇，于是就跟我刚刚说的那样，暂时对外说是‘喉咙生病’，所以对川越屋来说，根本不用担心庄太会起疑。”

茂七喝光甜酒酿，接着说：

“可是人就是这么脆弱，自己心里有鬼，所以每次见到庄太，她就坐立不安，以为庄太知道什么，在背后得意地偷笑……”

“我家那口子不是这种人。”

阿静立即反驳。茂七点点头说：

“那当然，这点我也很清楚。可是阿光不这么想，她向吉兵卫坦白一切，怂恿吉兵卫，要是不除掉庄太，可能会影响川越屋。”

吉兵卫非常惊讶。要是阿光因为吃醋所做出来的事东窗事发，他们可就没脸面对世人了。

“之后的事，就跟你在搁下渠听到的一样。”

“头子，您一开始就看穿了这整件事吗？”

茂七搔着脖子说道：

“我在调查庄太凶杀案时，慢慢发现只有这个可能。庄太不是会得罪人的人……”

茂七以“这点你应该最清楚”的眼神看着阿静。

“接着，富士春的事浮上台面。富士春也是庄太的老主顾，我当时恍然大悟，但只是脑子里这样想而已，毕竟没有证据。话又说回来，也不能押走川越屋夫妻拷问逼供。对方的身份与一般人不同，那样做的话，万一横生枝节，怕会连累你跟角太郎以及富士春，所以我才演了那出戏。”

首先，在阿静及川越屋周遭散播搁下渠出现岸涯小鬼的谣言，再让其他男人说明岸涯小鬼是死不瞑目的鱼贩或渔夫的化身。

“这么说来，那时说这话的是跟头子同伙的？”

“是啊。他演得很逼真吧。”

其次是留下脚印。

“我看到时，那脚印真的有蹼……”

茂七仰头大笑：

“很像吧？其实那根本没什么，只要拜托两国的杂技棚子，向他们借用河童脚的道具就行了。”

到了晚上，避开众人耳目，偷偷在阿静看得到的地方，以及川越屋附近，留下那个脚印。阿静看到了会觉得很奇怪，以为是庄太，但川越屋却吓坏了。

“接着，按照我的计划，稍微恐吓了他们。我让我家小伙子假扮虚无僧[1]站在川越屋门口，煞有介事地说东方出现因果报应的征兆：‘含冤之主浸在水中，那水也逐渐挨近老板，如不早日供养，恐会丧命。’”

茂七皱起眉头接着说：

“反正就是老板胆小才会做这种事。起初我以为要花些时间，没想到比我预期的还快，就把川越屋夫妇引诱到搁下渠了。”

阿静觉得很奇怪，她说：

“可是为什么连我也……”

“我自己设下的圈套，要是由我当场去逮他们的话，谁知道

[1] 普化宗之僧，头戴深色草笠，吹着一种名为尺八的乐器，浪迹天涯以修行。

他们会怎么辩解？所以我才让你亲眼去看、亲耳去听，然后等着你来我这儿报案。”

接着，茂七微微笑了起来，眼角堆聚着鱼尾纹。

“哎，阿静，你真勇敢，竟在那种时候抱着角太郎，单独一个人去搁下渠。既然有这种勇气，往后也可以好好过日子吧。”

原来头子一直在关照我，阿静内心涌起一股暖意。

“你不用担心。反正凶手已经抓到了，庄太肯定可以瞑目了。他绝对不是什么岸涯小鬼。”

“可是那声音呢？难道那也是头子假装的？”

搁下……这呼喊的声音听起来不像人声。

茂七默不作声地抓着下巴。阿静顿时恍然大悟。

（是富士春老师。）

那是富士春的声音，所以对方才叫得出阿静的名字。

“头子……”

茂七望向别处，喃喃自语：

“对了，富士春家有只跟人很亲的猫……那猫的牙齿很坚固。”

原来那咯吱声是那只猫弄出来的。

“搁下渠那个岸涯小鬼，对于因为一个无聊女人的意气用事，而把你们夫妻牵连进来一事，似乎真的很过意不去。”

当天傍晚，阿静又抱着角太郎前往搁下渠。

与那晚一样，柳树发出窃窃私语般的声音摇曳着。薄暮缓缓笼罩着搁下渠，笼罩着阿静和角太郎。

不知何处传来水激起的扑通一声。

庄太。

阿静轻轻摇着臂弯里的角太郎，对着角太郎微笑，并在心里默默地说——

我已经不再害怕了。

柳树又沙沙作响。从沟渠水面吹来的风，徐徐拂过阿静和角太郎的脸庞。

名所江戸百景
隅田川水神の森真崎
廣重画

第四篇

不落叶的楮树

1

听到那件事时，回向院的茂七正在吃栗子饭。

“不落叶的槠树？”

茂七如此反问，文次一本正经地点头。他是茂七使唤的手下之一，身材苗条得像个小姑娘，明明不会喝酒，鼻头却总是通红的。

今天，文次那红鼻子更是红彤彤的，双眉哀伤地低垂着，搁在双膝上的手白皙得犹如女人一样。

“你是说松浦藩主宅邸的那棵槠树？”

过了本所御藏桥，是松浦礼后守的主宅，宅内有棵枝叶恣意横生到墙外的槠树。据说这棵树到了秋天落叶时期，一片叶子也不会掉落，因而有“不落叶的槠树”之称，被列为本所七怪事之一。

不过仔细想想，这传说很奇怪，因为槠树在秋冬本来就不会落叶。松浦藩主宅邸的庭院里不只有槠树，还有许多其他的树，其中也有掉叶子很严重的银杏、栎树、枫树等等。宅邸四周却不见这些掉落的枯叶，这些落叶究竟是在什么时候被打扫干净的——这些传言经过添油加醋便成了现今的传说。这才是事情的真相吧。

话虽如此，也没听说有人对七怪事之一的“不落叶的槠树”有意见。大抵说来，过去的传说有很多类似的故事，追根究底去求证是不上道的，再说也没那个闲工夫——当时的人大概都抱着这种看法。

掌管本所一带的捕吏茂七，当然也是这种看法。

“难道现在有人对那传说有意见？”

茂七将吃光了的大饭碗递给老伴儿阿里，这么问道。阿里轻轻接过，掀开饭桶盖。

文次连连摇头说道：

“不是有人有意见，而是出现了新的不落叶槠树。是在石元町一家五谷批发商店的小原屋，就在前些日子发生凶杀案的附近。”

茂七嘴里嚼着栗子饭，阿里代他问：

“是那起凶杀案吗？可是为什么凶杀案跟不落叶的槠树有牵连？”

“这都要怪头子了。”

看文次说得正经八百的，茂七和阿里互望一眼。

文次说的凶杀案发生在三天前的晚上，一个商家老板于集会的回程中，在石元町一条没被标记在地图上的小巷子里惨遭杀害。

死者的后颈窝被一种类似长针的东西刺入，仅一针，那人就断气了，脸上露出大吃一惊的表情，而且怀里的钱包不见了，右手握着类似细长布条的东西。他从集会返家时手持的灯笼里的蜡烛只烧了一半，就在尸体旁边。

凶手尚未落网，不过茂七对本案已有一些把握，认为过不了多久便能破案。因此他听到文次的责难时大吃一惊：

“你这说法很不妥。我到底怎么了？”

文次微微低下头去濡湿嘴唇，接着说：

“头子，您在勘验那尸体时不是这样说吗？‘真倒霉。要是没这么多落叶，地上应该会留下凶手的脚印，至少可以知道凶手从哪边来，往哪边去。’”

茂七当时的确这样抱怨过一番。

"我是说过。说是说了，那又怎么了？"

"不只这样，您不是还说'这小巷实在很不吉利，以前这儿也发生过一起凶杀案，结果凶手没抓到，案子就结了'吗？"

文次说得没错，他的确也如此说过。

"喂，文次，我的意思是你到底想说什么？"

"头子可能已经忘了，小原屋屋后正是那条发生凶杀案的小巷。换句话说，尸体下面的落叶是从小原屋后院的树上掉落的。他们那院子很大，有松树、银杏树，也有槠树，而这些树的枝丫都伸到小巷来了，说到这里，头子听懂了吗？"

"懂了。"

"小原屋的下女中有个十八岁的姑娘，名叫阿袖。这姑娘前天晚上，突然说了很奇怪的话，她说：'都怪那边的树。因为那些落叶才抓不到凶手，为了避免再发生同样的事，我来负责打扫，让人们无论何时都看不到一片落叶。'"

阿里张大眼睛说：

"那倒真是个值得嘉许的姑娘。"

"小原屋的人起初根本不把阿袖的话当一回事。但是当大家在丑时三刻看到阿袖拿着扫帚在外面打扫时，这才惊觉阿袖不是开玩笑的，大家非常惊讶。"

茂七搁下饭碗说道：

“然后呢？接下来又怎样了？”

“小原屋老板夫妻和儿子千太郎，三人一起劝阻阿袖。他们说：‘你这种体贴值得赞扬，但也不能在深夜做这种事。万一你有什么不测，可就不得了了。’”

“这话有道理。”

“尤其是千太郎，更是极力劝阻。因为过完年，阿袖就是他的媳妇了。”

阿袖虽是下女，却不是经由佣工介绍所进入小原屋的。她本来是邻镇一家煮豆铺的女儿，以学习礼仪的名义到小原屋帮忙。

茂七沉吟了一声，问道：

“说是学习礼仪，其实是试婚吧？”

正式迎娶某位姑娘进门之前，即使时间短暂，也先行同居，看对方合不合家风，并观察对方的做事态度及脾气，这正是“试婚”。

茂七本身不赞同这种试婚。他认为若双方顺利成亲倒还好，但要是夫家以行为如何如何为由拒绝亲事，姑娘这方身心的创伤就太大了。

“最后还是会以种种理由送人家回去吧？”

“这……这我就不清楚了。不过大家都知道小原屋夫妻对佣工管教甚严，对阿袖却没发过半点牢骚。再说，重点是千太郎很爱阿袖，没她根本过不下去，就算小原屋夫妻觉得煮豆铺女儿有点门不当户不对，也没办法吧。”

文次叹了一口气，接着说：

“可是不管那个千太郎怎么劝，阿袖就是不听。问她为何执意这样，她也只是一味地哭。”

“那真是不好办。”

“不过她好像说‘想起被杀的阿爸’什么的，似乎有难言之隐……再说，都是落叶的错，这也不是阿袖先想到的。”

“所以说来说去最后变成是我不对，是这样吗？”

“不，不是怪头子。只是如果说了这话的头子告诉阿袖，一定能抓到凶手，并叫她放心，顺便问一下阿袖为何执意如此，那么小原屋也就如释重负了。事情就是这样。”

茂七露齿笑道：

“那没问题。阿袖现在呢？昨晚也哭着说非要打扫不可吗？”

“听说拿她没办法，千太郎和几个佣工只得陪她一起打扫。”

“那真是辛苦他了。”

“因此石元町那一带都知道这件事，就算我不来报告，也一定很快便会传进头子耳里。”

茂七拍了一下膝盖，站起身说：

“好，你跟我一道去小原屋。我去准备一下，你稍等一会儿，肚子饿不饿？栗子饭可是很好吃的。”

“头子刚刚吃了那么多栗子饭，春天一到，头顶大概会长出芽来。阿文，你说是不是？”

文次并没有笑，反而说：

“栗子饭吃再多也不会长芽啦，头子娘。”

两人出门后，阿里边洗碗边暗自想着，文次要是说话不这么一板一眼就更好了。

2

小原屋院子里的树木果然都很高大茂盛。文次说得没错，的确也有一些不亚于松浦藩主宅邸的楮树。

茂七和文次坐在格子纸窗映出楮树树影的里屋，与小原屋一家人会面。老板夫妻与一般感情融洽的夫妻一样，容貌相似得说是兄妹也不为过。两人的脸颊丰润得有如福神，尤其是老板娘，炯炯的双眼看起来相当严峻。

独生子千太郎与双亲正好相反，脸上毫无赘肉，浓眉，一表人才，说话也很爽朗，有年轻男子的模样。茂七心想，阿袖是个幸福的姑娘。

“麻烦头子特地跑一趟，实在很过意不去。”

千太郎端正地鞠躬，茂七扬手制止，笑着说：

“这样恭恭敬敬的话，我反倒不好意思了。我从文次那儿听说，似乎是我说漏嘴才引起这事，所以我想当着阿袖姑娘的面，好好解释这回的案子。”

大抵确认过文次所说的话之后，老板唤来阿袖。当阿袖打过招呼抬起头时，茂七暗叫了一声。

阿袖的肌肤犹如樱花瓣，眼眸明亮，是个美丽的姑娘，与千太郎并肩而坐的话，简直就像定做的人偶一样。千太郎真有福气，茂七替他感到高兴。

“那我们……”

老板夫妻和千太郎打算离座时，阿袖竟出乎意料地坚持道：

“不，请你们也留下来。正好趁这个机会，我想让大家听听，我为什么会惹出这种风波。”

茂七不发一语地点着头。

待众人又坐定了，阿袖淡淡地开始述说：

“这本来就跟我阿爸有关。我阿爸和阿母……”

阿袖望着老板夫妻说道：

“老板和老板娘大概也知道，我不是煮豆铺的亲生女儿。我是养女，生于小田原，十二岁那年，阿母病逝，留下我孤单一人，后来村长的远亲煮豆铺夫妇收养了我。”

茂七问道：

“原来如此，你母亲过世了……那你父亲呢？我听说，你说你父亲惨遭杀害了？”

阿袖点点头说：

“阿爸在我十岁时，晚上在路上被强盗杀了。”

“这些我们都从煮豆铺夫妻那里听说了。”

千太郎体贴地插嘴，小原屋夫妻也点头表示事情的确如此。

“他慈祥又温和，是个好阿爸。真的，是个好阿爸。”

阿袖仿佛咀嚼自己所说的话，停了一会儿，然后下定决心般继续说：

“做煮豆铺女儿的那段日子，我过得很幸福。现在也是，我甚至觉得我不配过这种日子。不过我片刻也不忘阿爸。为什么呢？因为那个杀死阿爸的强盗到现在还没被抓到。”

茂七听到文次倒吸一口气的声音。

“我忘不了，无论如何都恨意难消。当时我们很穷，就算杀死阿爸，也抢不了多少钱，强盗还……”

阿袖看似强忍着泪水。

“阿爸被杀时，也是落叶的季节。躺在地上的阿爸身子底下有很多落叶，身上也是。而且当时负责调查凶案的大爷说了和茂七头子同样的话：‘啊，要是没这些落叶那该多好。’”

阿袖双手掩面。

“所以我不禁就……自从听到茂七头子说的话之后，阿爸的事总是浮现在我脑海中，总觉得被杀的人跟阿爸一样……不，我觉得阿爸在那儿又被杀了一次，于是即使明知很蠢，我还是认为要是没这些落叶的话……”

大家都不知该说什么，过了一会儿，阿袖重新打起精神，抬起头说：

“阿母身体本来就不好，加上阿爸过世，她一个女人家为了抚养我，总操劳过度，才会病倒。所以我总觉得是阿爸杀死了阿母……啊，不是。”

阿袖惊觉后改口说：

“我认为这等于是杀死阿爸的那个凶手杀死了阿母。”

“别再说了，我们都明白。”

小原屋老板说完，轻拍阿袖的背。茂七开口说道：

“原来如此，我明白了。阿袖姑娘，你不要哭。你父亲的事肯定让你很难受，不过你要是一直放在心上，你父亲恐怕也无法瞑目。”

茂七环视众人，斩钉截铁地说：

“有关这回的凶杀案，回向院茂七我确实接下了，我保证一定会抓到凶手，一切交给我吧，而且不会花太久的，真的。”

接着他以教诲的口吻对着擦拭眼泪的阿袖说：

“所以啊，阿袖姑娘，你就别再深夜到外面打扫了，好不好？”

阿袖沉默了一会儿。在小原屋及千太郎担心的注视下，她陷入沉思。

不久，她抬起头说：

“头子说的，我完全明白了。我以后再也不会在深夜到外面打扫。”

不过……阿袖转而小声地说：

“我想早晚还是常去打扫，让那巷子跟七怪事中的‘不落叶的槠树’一样干净，直到抓到凶手为止。我并不是在祈求什么，只是觉得这样做的话，或许可以早日抓到凶手……”

对于这个要求，茂七无法拒绝，反正已经明白阿袖想尽一份力的心情，何况文次也在一旁默默对他施压。

“好啊，然后帮我祈祷吧。”

离开小原屋走了一阵子，身后传来急促追赶的脚步声，茂七回头一看，原来是千太郎跑了过来。

“非常抱歉，有件事刚刚在家里不好说。”

三人站在路旁挨着头。千太郎表情严肃，眉头深锁地接着说：

“或许是我过虑了，也希望真的是我过虑了，可是有件事我一直放在心上。”

是关于昨晚的事。千太郎说，他昨晚和阿袖一起打扫时，看到一个生面孔的男人。

而且那男人一直盯着阿袖。

“什么样的男人？”

“不像是正派人。穿着很寒酸，看上去好像三餐不济的样子。”

“看起来多大年纪？”

“这……”

“跟我比起来怎样？”

千太郎一脸认真地看着茂七说道：

“大概跟头子差不多吧。不过他的穿着看起来很贫寒，所以或许更年轻些。只是他的眼神很锐利，让我一直很在意。”

文次也担忧地仰望着茂七。

“我也希望是自己过虑了。可是不知怎么搞的，就是老惦记着，后来甚至觉得以前好像在哪儿看过那个男人……”

像秋风悄悄吹进怀里似的，茂七也不禁忧心起来。同样，千太郎似乎也感到背脊发凉，他接着说：

“那个男人也许跟凶杀案有关。阿袖这回的举动在这一带已经造成轰动了，我甚至怀疑那凶手认为阿袖是个多管闲事的女人，想要伺机加害阿袖。可是又不能随便跟阿袖提这件事——”

茂七打断千太郎的话，对着文次说：

“从今天开始，你要不要到小原屋当一阵子伙计？”

文次用力点头。

3

之后数日，并无特别的动静。

文次在小原屋做事，时时向茂七报告里面的情况。有关文次寄身小原屋的缘由，事先已经和千太郎商量好，因此没有人起疑，文次在小原屋似乎很受重视。甚至连茂七都认为，与其让老实认真的文次当捕吏的手下，还不如让他去做生意，或许要更幸福。

只是千太郎所说的眼神锐利的男人又出现了。

一次是清早打扫外面时，另一次是晚上关大门时，对方躲在暗处一直朝这边窥视。

“虽然不能确定，但对方看上去好像是道上的。”文次皱起眉头说道。

更令人不安的是，有一回文次跟踪那个男人却被甩掉了。

“怎么办？干脆把他抓起来吗？”

茂七委婉地制止心急的文次：

“哎，再观察一阵子吧，不过千万要看紧阿袖。”

“明白了。不是阿袖，是阿袖姑娘。”

文次自不在话下，千太郎也紧紧黏着阿袖。况且，阿袖的事已经造成轰动，帮忙打扫落叶的人也增多了。

但是如此一来反倒必须更注意阿袖的周遭。茂七认为只要盯紧阿袖，应该就没问题，然而茂七也推测不出那时不时出现的男人到底是谁。

再说，茂七目前正为了其他事忙得紧。

这已是将近一个月前的事了，由于将军殿下宠爱的年轻妃子首次产下男婴，许多人因而获得赦免，连流放八丈岛的罪犯也有获释的。茂七必须安排这些人的落脚处，并观察他们往后的生活状况。

茂七当然无法掌握所有获释者的下落，也就无法每个都照顾到。不过只要有人求助，茂七都尽其所能地帮助他。虽然这事使得那件命案迟迟不见进展，但茂七深信这也是身为捕吏的职责之一。

阿袖开始打扫落叶的第七个晚上，照例到茂七家露面的文次显得闷闷不乐。眼尖的阿里问他原因，他也含糊其词。

“阿文很怪。”阿里事后偷偷向茂七说道，“阿文是不是喜欢上谁了？”

第二天，茂七试探文次：

“喂，文次，你爱上阿袖了？”

文次吓了一跳，然后沉默不语。过了一会儿，好不容易才开口时，眼神抑郁得令人同情。

“头子，我是不是爱上了不该爱的人？”

“嗯……嗯，应该是吧。”

“我就是这种废物。”

“别这样妄自菲薄。喜欢别人或爱上别人，是没道理可讲的。”

“可是阿袖姑娘还是对我说了。”

“说什么？”

“她说：‘请不要对我那么体贴。’又说：‘我是那种没资格接受别人体贴的女人。’这话的意思，头子，我总觉得阿袖姑娘看穿了我的歹念，暗地里警告我。”

文次说完之后有气无力地叹了一口气，垂着头，随后又突然低声说道：

“头子，能不能让我退出，叫别人代我去小原屋？”

茂七没答应，只是轻拍文次的肩膀。

“别说这种丧气话。职责就是职责，你再加把劲儿吧，我也会帮你，毕竟这事很可疑。”

那晚，茂七偷偷前往小原屋，凑巧阿袖和两个佣工在外面打扫，也看到了铺子里的千太郎。

拿着扫帚打扫落叶的阿袖，身材苗条，显得有些清寂，宛如秋天的一朵野花。不断飘落的落叶，有一片掉在她的发髻上，仿佛相称的发簪。

茂七一直眺望着阿袖，阿袖则专心挥动扫帚。秋日晚风吹拂，她的双手及脸颊白得近乎透明。

就在这时。

阿袖突然停住手，呆立原地。她俯看自己的脚，脚底宛如生根般纹丝不动。茂七从隐蔽处探出身子。

接着，阿袖的手反弹似的动了起来，疯狂地挥动扫帚聚拢落叶。她忘我地扫了一阵子，待停下手时已气喘吁吁。阿袖抬起头来。

茂七睁大双眼。

阿袖在哭泣，她的双眼闪闪发光，脸颊也挂着一串发光的东西。

不久，阿袖离去后，茂七来到她方才站立的地方，打扫得干干净净的地面，只留下隐约可见的扫帚痕迹。

（我是那种没资格接受别人体贴的女人……）

一片落叶飘落在伫立原地的茂七肩上。

4

数日后的晚上，如往常一样，阿袖同千太郎、文次及其他人一起打扫落叶时，茂七看着看着突然发现有个新面孔。

是个女人，比阿袖高出一头，一个身材柔媚的漂亮女人。

她的发髻和浓厚的胭脂都在显示她并不是正派的女人，且妖艳得令人不禁看得入迷，如果四眼相对，恐怕无法移开视线。

女人信步走近，再若无其事高举右手提的灯笼，透过亮光看着阿袖，有时像蛇那般迅速地斜眼瞟一下千太郎等人。

阿袖等人毫无觉察。

女人缓步走过，正当她打算离开阿袖等人时，茂七连忙追了上去，不一会儿就与女人并立，茂七说：

“看来今晚的草鞋带没断。”

女人仿佛挨了茂七一拳似的，吓了一跳。她看着茂七，明白茂七的意思后，露出狰狞的面孔，接着口出秽言并拔下发簪，朝茂七猛扑过去。

茂七早有提防，连忙往后退，边高声喊叫文次，边抓女人的手。女人啧了一声，抛出发簪，转身逃走。

这时，有个男人自槠树小巷暗处跑了出来，他绕到逃跑的女人前面，抓住愣了一下又转身想逃的女人的腰带，紧紧抓住那个挣扎的女人，直至茂七和文次赶来。

“多谢啊！帮了我们大忙。”

赶过来的茂七如此说道，而文次指着对方大叫：

“你！头子，这家伙就是那个男人！”

尽管气色不好，但眼神锐利得像要杀人的男人缓缓转身面向茂七，弯腰鞠躬。

“原来头子手下已经看穿了？对不起，惊动大家了。”

果然如千太郎所说，男人年纪与茂七相仿。然而，他方才身手矫健，而且眼神也过于警觉。茂七心想，这男人的人生走的肯定都是见不得人的路。

“所以你承认最近老是在小原屋附近闲逛吗？”

男人低声回答“是”。

“到底为了什么？”

千太郎和阿袖也跑了过来。在男人还来不及开口回答时，茂七听到阿袖在自己身后倒吸了一口气。

男人只看着茂七，声音沉稳地说：

“非常惭愧，你们看，我正是这种人。”

男人伸出右手，上面有两道乌黑的刺青。

“前些日子我搭乘赦免船，刚回江户不久。”

被捕绳紧紧捆住的女人正想向男人吐口水，阿袖则面无血色。

“我听说这儿发生了凶杀案，也听说小原屋的女儿在打扫落叶。那时我有一种说不出的感觉。感觉，真好。”

“是阿袖姑娘的事吗？”

“是的。虽说那纯属意外，但我这双手毕竟杀过人。当然，无论如何也不能赎罪，所以当我听到小原屋小姐的事，心想如果我也能帮忙打扫那该有多好。”

男人难为情地笑了起来，那是寂寥的笑容。

茂七这时突然想起一件事。

这寂寥的笑容，茂七觉得眼熟，也觉得以前似乎在哪里见过这个男人，接着他又想起千太郎也说过同样的话……

（不，应该不是见过，而是这个男人会让我想起认识的某人。）

茂七目不转睛盯着继续淡然往下说的男人的侧脸。

“可是我始终没勇气上前搭话，只能偷偷看着，实在很不中用。”

“不过多亏你，我们才能抓到凶手。”

“是。虽是偶然，但很庆幸能帮上忙。”

男人说完之后终于抬起头，望着千太郎和阿袖。

“我这种人老是在你们眼前晃荡，你们一定很不高兴吧。请原谅！”

阿袖眨都不眨一眼地凝视着男人。千太郎虽然还一副摸不着头脑的样子，却也以天生爽朗的声音说：

“不，或许我们应该感谢你才对。”

男人一听，首次微微露出白皙的牙齿，接着又弯腰鞠躬，然后转身没入暗夜里。

将女人拉到办事处后，茂七又折返小原屋向阿袖等人说明。

“其实我一开始就猜是那女人下手的。”

那女人是用头上的发簪刺杀人，再拿走值钱的东西。她首先躲在隐蔽处或行人稀少的小巷等待猎物，当猎物出现时，便难为情地出声喊对方：

“这位大爷，您看您看，草鞋鞋带断了，真糟糕。您身上如果有手巾，能不能麻烦帮我绑一下带子？”

这当然是做戏，断了带子的草鞋也是事先准备好的，只是女人长得漂亮，加上一副难为情的样子，大部分男人都会依她的话，撕裂手巾蹲在女人面前。她只要趁男人毫无防备时将发簪刺进他的后颈窝，便能轻易置对方于死地。

杀了对方之后拿走钱包，换上另一双草鞋，吹熄灯笼，离开现场——这正是女人的作案手法。

八年前，女人就因同样手法的犯案被捕，被流放孤岛，她那凶残、狡猾的手法在捕吏之间早已人人皆知。因此看到小原屋小巷那尸体的伤口及死者手上握的细长布条，茂七立刻怀疑是那女人干的，何况又凑巧是在赦免船抵达江户的时期。

“我想那女人肯定是设法潜入赦免船，逃出了孤岛，所以派手下四处搜查那女人的下落。结果，阿袖姑娘，你不是开始打扫落叶吗？那个女犯是性情极为乖戾的家伙，我怕她听到风声出现在阿袖姑娘身边……或许又企图做坏事，所以才叫文次过来。”

“原来是这样，我还以为是要监视那个男人。”

文次搔着头说道。千太郎也困惑地说：

“我也以为是那样。这么说来，那个从孤岛回来的男人跟凶杀案毫无关系？”

“眼神不好真是吃亏啊！”

茂七环抱手臂，悄悄瞄了身边的阿袖一眼。阿袖仍一副茫然若失的样子，对众人的交谈听而不闻，只凝视着某处。

文次喃喃自语：

“上回我看到那家伙时，他的神情令人印象深刻。”

“什么神情？”

“集所有不幸于一身的神情，很苦闷的样子……我们终究还是不知道那家伙到底是什么人……”

离开小原屋，茂七故意放慢脚步，怀着半是祈祷的心情。

而他的祈祷如愿了。

这回追赶上来的是阿袖，眼里噙着泪。

茂七温和地说：

“谢谢你，谢谢你。我就知道你一定会追上来。”

5

阿袖婚礼那晚，茂七在流泻出热闹宴席亮光的小原屋窗下，拍了拍男人的肩膀。

“你是势吉先生吧？”

茂七平静地问道。男人大吃一惊，呆立原地，茂七将手搁在他的手上。

“你不用逃。”

男人静静地看着茂七，不久，低声说道：

“为什么知道我是势吉？”

“这没什么，因为只有这个可能。阿袖姑娘也说，你一定会来。那孩子的新娘模样，你仔细看了吗？”

听茂七这样说，势吉睁大双眼说：

“阿袖？……不，为什么我必须看小原屋家的婚礼？”

“这还用说？因为你是阿袖的父亲！”

势吉再次凝视着茂七，只是，过了一会儿，他疲累地垂下头，闭上双眼。

“别担心，我不会说出去。”

茂七说罢，稍微往后仰，看着势吉。

“不愧是父女，你的脸有些地方跟阿袖姑娘很像。”

势吉睁开眼睛，一脸意外地望着茂七。后者哈哈大笑说：

“你们很像，尽管只是感觉而已。但是第一次见到你的那晚，我总觉得好像见过你。”

“原来如此，所以你……”

“你以前在赌场卷入纠纷杀了人，被流放孤岛。阿袖说你遭强盗杀害，那是说谎。”

势吉点点头说：

“有人要收养她时，村长为了阿袖的将来编造了这样的故事。”

“阿袖说你是个很慈祥的好父亲，这也是编造的？”

势吉阴阴地笑了笑，移开视线自言自语：

“那时候，我不但赌博、喝酒，还将老婆做副业赚来的一丁点钱拿去买女人寻欢作乐。”

“既然如此，我能理解阿袖会说那种谎的心情。”

茂七长长地叹了一口气说：

“结果煮豆铺收养了阿袖。如今她已长成漂亮又勤快的好孩子。”

势吉默不作声。

“长到十八岁，有幸碰上再没比这更好的亲事。夫婿那人不但没话说，公婆也都是体贴的人，疼阿袖就像亲生女儿。剩下的只是形式上的婚礼而已，小两口早就同居了，真的很幸福。”

像是回应茂七似的，小原屋里传来欢笑声。

“这时，没想到父亲回来了。”茂七以单调平板的口吻低声说道，“虽说获得了赦免，但父亲是手上有乌黑刺青的人，而且是以前彻底折磨过母亲与女儿的可憎父亲……可憎，会不会说得太过分了？”

“阿袖八岁时，我曾因为负债打算把她卖到旅馆当妓女……才八岁……会做这种事的家伙当然可憎吧？”

晚风咻地自伫立的两个男人身边吹过。

“回来的父亲要是不去打听女儿的住处，不跑来探望就好了。”

茂七慢条斯理地说道，势吉求饶般看着茂七说：

“我没直接去找她。我在小原屋前假装无事闲逛，一直等阿袖发现我。”

接着，势吉打心底露出欢欣的微笑说：

“阿袖发现了我。她还记得我。那时，仅是这样我就高兴得全身颤抖。”

如痴如梦地这般喃喃自语后，势吉压低声音说：

“可是阿袖认出我时，脸色苍白得好像见到鬼……”

“你之前就应该有这种心理准备吧？”

“那当然，我知道一定会这样。头子，我……我真的只想见阿袖一面，当面向她赔罪，跟她说阿爸对不起她而已，所以才找到阿袖的住处来。”

“真的吗？”

茂七故意冷淡地回应，惹得势吉紧张得几乎要拉住茂七的袖子，他说：

“请你相信我！我心里只有这个想法，我发誓是真的。见到阿袖，跟她谈谈……这样我就满足了。我是个废物一样的家伙，可是那废物在孤岛经历了艰苦的生活之后，也有点改变了，稍稍恢复了正派男人的为人父的心。”

然而，每当势吉在小原屋附近出现时，阿袖总是冷冷地移开视线。

想见阿袖的势吉、心神不宁想逃开的阿袖，就在两人未交谈半句话，彼此持续攻防之际，楮树小巷发生了凶杀案。

这时，阿袖找到一个可以不用直接见势吉，又能将自己的情感传达出去的方法，那正是打扫落叶这件事。

我曾经有过很慈祥的阿爸，可是阿爸被杀了……

阿袖这样向人说谎，让话传出去，然后每天借由打扫落叶一事，对势吉大喊：我已经没有阿爸了，我阿爸已经死了……

“我有次看到阿袖姑娘用扫帚猛地打扫落叶，现在想来，那应该不是单纯地打扫落叶吧？”

茂七自言自语般问道，势吉也喃喃地回答：

“我虽不识字，但至少会写自己的名字——用落叶排字。”

冰冷的夜气冻得人耳鼻一阵发麻，茂七悄声问：

“阿袖姑娘演出的那一幕，你见识一次也就够了，为什么在阿袖姑娘停止打扫落叶之前，还一直在这儿附近晃荡？”

“因为阿袖拿那起凶杀案当借口，开始做打扫落叶的怪事。我想，凶手说不定会伺机做出对阿袖不利的事。我就是担心这一点，才想尽量陪在她身边。”

之后，预感果然成真。

两人沉默下来，侧耳细听小原屋的可贺之夜，侧耳细听阿袖的幸福。

“事情结束了，我已经满足了。”势吉缓缓回头望着茂七，脸上浮现出微笑，“我打算离开江户，离阿袖远远的，去过自己的生活。”

“阿袖姑娘可能想见你。不，难道你不认为，或许现在她就很想见你？”

茂七说完，耳边响起阿袖对文次说过的话，“我是那种没资格接受别人体贴的女人。”

“那孩子是个体贴的姑娘。以前再怎么憎恨的父亲如今既然回来了，我不认为她一直拒绝你而不感到心痛。虽然她编了那种谎言，但你不认为阿袖姑娘其实也很痛苦吗？”

“绝对不会。”

“是吗？那我告诉你一件事。我啊，从阿袖口中听到你刚刚说的那些话。”

势吉张着嘴巴说不出话来。

“那晚，你救了那孩子，而且这回轮到你编造谎言，没暴露半点真相就离开了。你没说出你是她父亲，也没责问她为什么编出那种谎言，冷漠地想赶你走。因此，那孩子也明白了，你已经不是以前的你，你已经改变了。”

茂七推着呆立原地的势吉的背，将他推往小巷的方向。

“你去看看吧。听说阿袖姑娘用落叶排字，给你写了一封信。”

势吉反弹似的奔了出去，久久不见回来。

“头子，”终于见他从小巷出来时，他声音发颤，双眼流泪地说，“头子，我是个幸福的人。”

“这话等你见到阿袖姑娘时再说吧。”

势吉摇着头说：

“不用了，真的不用了，有阿袖那封信就够了。那孩子要是肯原谅我，我单独一个人也能活下去。”

茂七对着跨出脚步的势吉背后喊道：

“喂，你，愿不愿意帮我做事？”

势吉没有回头，却稍微放慢脚步。

“你只要在这儿附近问一下‘回向院茂七’，就会知道我住哪里。愿意的话，什么时候都可以，来找我吧！”

当茂七大声说出“我等你来”时，势吉的身影已消失在巷口了。

茂七在原地站了一会儿，然后折返小原屋，与在厨房吃婚宴料理的文次回到自己家。

“就这样，我的伙计生涯也结束了。”文次唱歌般如此自言自语道，“头子，阿袖姑娘很美吧？我从没见过那么美的新娘。”

第五篇

愚弄伴奏

1

阿年之所以到伯父家，是为了寻求安慰，但伯父家中已有访客，是阿年不认识的面孔。

对方是个年轻女子，年龄大概和阿年不相上下；胖墩墩的肩膀上有颗大头，稀疏的眉毛和眼角都有点下垂，不是讨人喜欢的那种长相，哭丧着脸，嘴巴也合不拢。阿年突然想到雨中全身湿透了的野狗。

“伯母，那是谁？”

从微微打开一条细缝的纸门里端详来客后，阿年如此问道。

伯母阿里没有立即回答，她瞟了一眼纸门，想了一下才说：

“是跟你伯父工作有关的人……应该是这样吧。”

“这么年轻的女子？”

阿年大吃一惊地说。

伯父茂七是掌管本所一带的捕吏。町内众人都称他“回向院茂七”。阿年对这位跟自己差不多年纪，受到伯父邀请并与伯父单独谈话还谈得那么热络的年轻女子甚感兴趣。

“到底是什么样的姑娘呢？她应该不是帮伯父做事的手下吧？像文先生和秀先生那样。”

阿年说的是茂七使唤的两个手下。

阿里只是淡淡地回答“不知道”，接着给阿年倒麦茶。阿年拿起茶杯，麦茶不冷也不热。

这时，隔壁房间姑娘的说话声传进阿年耳里：

“……所以我也杀死了上州屋的阿仙。”

阿年睁大双眼望着伯母，阿里则一脸困惑。她虽是捕吏的老婆，但不擅长对自己人佯装不知。

“那个人是什么意思？”

这回阿年干脆称隔壁房间的姑娘为“那个人”。

“她说杀了人……”

“嘘。”阿里将手指竖在唇上，再轻轻将脸凑到阿年面前，“小声点。你若想知道，待会儿问你伯父好了，我不能告诉你。”

接着，又听到隔壁房间的姑娘说：

“阿美和阿国都不怎么费力，一下子就死了，脸又肿又黑。”

阿年听得毛骨悚然。隔壁房间姑娘的声音平板得像勉强唱着摇篮曲的下女，毫无感情可言。阿年从未听过年轻女子这样说话的。

而且，说的还是凶杀案。

她望着伯母，伯母轻轻叹了一口气说：

“真伤脑筋。”

“这有什么好伤脑筋的？那姑娘是伯父捉到的凶手吧。伯母也真辛苦，家里竟有那种姑娘进进出出的，很可怕吧？”

“一点都不可怕，那孩子是在胡扯。”

“啊？”

“捉到的凶手怎么可能带到家里来？那孩子啊……”阿里望着纸门，侧着头接着说，“心理有点问题，所以才每两个月就来找你伯父说话……我去端汤圆给她。阿年也喜欢吃汤圆吧？你要多吃点，几天不见，你好像瘦了。”

阿里起身到厨房，留在原地的阿年又听到隔壁房间的姑娘说：“有时，我也想干脆在井里下毒，让大家通通死掉。这样的话，我也比较快活，夜里也可以好好睡觉。”

这不是那种边吃汤圆边聊天的话题。阿年忘了自己的烦恼，心里七上八下地悄悄打开纸门，仔细打量那位姑娘。只见她额头和人中微微冒着汗珠，说个不停。

2

当天晚上，阿年留在茂七家吃阿里亲手做的晚饭。

因心里记挂着白天那姑娘的事，她开口问茂七。伯父起初不太搭理，说“吃过饭再说”，却因阿年纠缠不休，最后拗不过，才说明原委。

“每次都说不过阿年。”

“伯父人真好。”

茂七为人极爽快，阿年也很喜欢他这点。阿年的父亲是茂七的大弟，两人仅差三岁，但阿年的父亲说起话来总拐弯抹角，不禁令人诧异这对兄弟的性情怎么如此迥然不同。

若阿年说：“阿爸，今天真热。”阿年的父亲会说：“是吗？不等太阳高一点还不知道热不热吧。”

在这方面，茂七就很直截了当，很痛快。阿年心里觉得，比起父亲，自己跟伯父比较像。

“这事本来不能对你说，只是你既然听到今天的一些谈话，也就不能不告诉你了，不然反倒会让你惦记着，不过你绝对不能说出去。”

茂七先如此叮嘱，这才开始说。

“那孩子叫阿吉，十八岁，跟你一样大。她是松仓町澡堂老板的女儿，上面有两个姐姐。两个姐姐都长得很漂亮，都嫁了好人家，也都有孩子了。”

“那，是最小的阿吉姑娘继承澡堂喽？”

阿年问道，茂七绷着脸点头说：

“澡堂夫妻俩也是这样打算的。他们说不这样的话，阿吉恐怕找不到好丈夫。”

阿年想起阿吉那愚钝的长相，扑哧笑了出来：

“说得也是，让她招赘也许比较好。”

茂七夹了一口凉拌青菜丢到嘴里，沉着脸说：

“别取笑人家，要不然你也会被阿吉杀死。”

茂七这个说法很可笑，令阿年笑得更厉害。

“哎，那姑娘是胡说八道的吧？她怎么可能真的杀人嘛！”

“话虽如此，但就算只是嘴上说说，被这么说也不好受吧。所以我才叮嘱阿吉，想说那种话就到这里来，在街上说的话，会让人受不了的。”

茂七这么交代她之前，阿吉总是常常到处乱讲她自以为“杀死”的姑娘的事。而那些明明还活蹦乱跳的被“杀死”的姑娘，以及她们的家人，当然会心里发毛，而且也会生气。

“这么说来，那个阿吉姑娘脑袋不正常？”

“坦白一点讲的话，正是这样。”

阿吉以前并不是这个样子。大家都说她虽然长得没姐姐漂亮，但是个性情温和而且机灵的姑娘。据说半年前开始，不知出了什么差错，她才变成现在这副模样。

“她为什么会说那种话？说什么杀死人。”

“这就不知道了。”

茂七摇头说道。今晚他没什么兴致喝酒。阿年事后才听阿里说，茂七每次见了阿吉之后，总会有些无精打采。

“那些被阿吉‘杀死’的姑娘，是阿吉姑娘认识的人吗？”

“虽然其中有她认识的人，但并非每个都认识，也有那种只是在路上擦肩而过的。”

“可是这样的话，阿吉姑娘怎么知道对方是谁呢？”

“阿吉会跟踪对方，查出对方到底是谁。”

这时，阿年不禁感到背脊发凉。

“好可怕……”阿年开始觉得这可不是什么好笑的事，“伯父为什么任由那姑娘去呢？首先，让阿吉姑娘单独出门乱跑，她父母难道不担心？太过分了。”

“怎么可能不担心？”茂七一副责备阿年的样子。

阿吉的父母本来就很清楚阿吉不正常，也深知在他人眼里，阿吉大概是个十分可怕的女孩，因而时时留神，不让她擅自出门乱逛，然而阿吉虽说发狂了，却非低能。她会设法瞒着家人，漫无目的地跑到外面。

“其实阿吉家人也很苦恼。有一阵子，还打算设置禁闭室把她关起来。为了这事，他们曾经来找我商量过。”

茂七与阿吉见面后，发现她的样子的确很怪，又喜欢说危险的话，可是观察了一会儿，茂七认为她不会真的出手伤害人。

“所以，我叮嘱阿吉，在大家面前说这种杀人的事不好，以后想说这种心里话就到这儿来，我这个捕吏会好好当听众。结果，那孩子听懂我的意思了。”

之后，阿吉偶尔会偷偷溜出来找茂七，事情就是这样。让她一吐积在心里的所有歹念之后，茂七才送她回家。

“虽然这个任务不是很令人愉快，但我觉得阿吉很可怜。”

茂七口中的阿吉，令人听得胸口发闷，最后好不容易才把晚饭吃完。

阿里劝邀阿年说：

“不然今晚睡这里好了。再说，阿年，你应该有事找你伯父商量吧？”

听阿里这么一说，阿年才想起自己的烦恼。

“也不是什么大问题。”阿年笑道。她来这儿时，的确沮丧得全身无力，打算和盘托出。可是她现在脑筋有点清醒了，心情也稳定下来，应该可以好好斟酌该怎么说了。

茂七笑着对阿年说：

“反正你要说的肯定又是宗吉的事吧。”

茂七说中了，阿年满脸通红，想到自己面红耳赤的大概又会招伯父伯母笑话，更不好意思了。

“人家阿年真的很迷恋宗吉嘛！”

阿里体贴地替阿年回答，阿年这才抬起头来。腋下出汗了，但那并非全是今晚闷热的关系。

“我真的每次都是为了宗吉的事心神不宁吗？”

伯父夫妻俩彼此互看了一眼，大概是阿年问得太认真了。

“虽然没有心神不宁，但你每次说的一定跟宗吉有关，这倒是真的。你的脑子里就只有宗吉吧，跟伊势屋的大福饼一样。”

伯父的比喻令阿年忍不住笑了出来。伊势屋是本所的一家糕饼铺，那里的大福饼是在揉成圆形的豆沙上直接撒上面粉，糕饼皮很薄，豆沙馅很饱满。

“怎么可以把我和宗吉比喻成大福饼呢！”

“我是说你的头是大福饼。”茂七哈哈笑道，“你那个心爱的宗吉怎么了？”

宗吉是与阿年约好将来结为夫妻的年轻小伙子，目前单独住在深川猿江町一个后巷的大杂院，是一名架子工。他跟阿年青梅竹马，孩提时代经常一起玩得一身泥巴。

宗吉自孩提时代手就很巧，动作也很灵活，连挂在必须抬头仰望的高空枝头，而且是最末梢枝头上的柿子，他都能轻而易举地摘下来抛给阿年。

宗吉十二岁时，父亲过世，在他要到深川某架子工工头家当学徒时，阿年哭得死去活来的，她看到柿子树时哭，看着日渐沉默寡言的宗吉时也哭。现在回想起来，阿年自孩提时代就已经决定日后要当宗吉的媳妇了。

因此当宗吉学成之后，回本所与母亲相依为命时，阿年心底的旧梦立即被勾起来了。宗吉做的明明是粗重的工作，身边的伙伴又都是一群容易激动的人，他却一点也没变，如风平浪静的春日大海，他长成了神情温和的青年。

就男人来说，宗吉算是矮个子，和阿年并立时几乎一样高。他的脸也小，眼鼻虽都很小，但十分端正；不知是不是晒不黑，肤色也白皙。

“像你这种疯丫头，竟然会爱上那种温和的男人，显然这世上真的能保持平衡。”

阿年的母亲以如此奇妙的说法感叹。

撮合这门亲事，可说是毫无阻碍也没有任何不顺利的地方。然而去年秋天正式说好亲事之后，宗吉的母亲病倒了。大概是了了一桩心事吧，宗吉的母亲只躺了五六天，便利索地过世了。

“看来婚礼还是延期比较好。”

因此亲事暂缓，直至宗吉为母亲服丧期满。直肠直肚想的话，为了让对这门亲事感到高兴的母亲安心，应该早日举行婚礼才是，但也有人在这种事上是很啰唆的，而且就算延个一年半载，很快也就过去了——阿年的父母这么劝阿年。

可是阿年觉得父母不懂女儿的心。

她很不安。万一在这一年里，有对手出现怎么办？万一又发生其他无法举行婚礼的事怎么办？想到这里，阿年有时会辗转难眠。

她认为自己不会有问题，自始至终她只喜欢宗吉一人，绝对不会变心。

可是宗吉呢？

他本来就是个话不多的人，无从猜出他对阿年的真心究竟为何，是本就决定自己的媳妇非阿年不可，还是顺其自然地定下亲事而已？如果宗吉只是认为青梅竹马比较不麻烦，那是很悲哀的事。

这个时候，要是出现了其他女子，那种真的可以打动宗吉的女子——

一这么想，阿年就心急如焚，像是手抓不到痒，看不到的地方出现瘀青那样，既烦躁又无力。

所以她才会吃醋吃得让茂七伯父说“你真是个醋劲十足的火球”。

“什么事？难道这回宗吉跟漂亮女子并肩走在一起了？”

茂七如此逗她，阿年噘着嘴巴回答说：

“他才不会做这种花心事！”

“那我真是有眼不识泰山。到底是什么事？”

阿年说不出话来。该怎么说呢……

“难道是吵架了？”阿里笑道。

“那个人，最近很怪，总觉得……好像在找什么人。”

“找人？”

“嗯，而且是女人。他跟我一起走的时候，会一直盯着擦肩而过的女人，有好几次，不是看对方的长相，就是看发髻的梳法、衣服的花样，看得目不转睛，所以我觉得他好像是在找人。”

阿年停顿下来，抬头看着伯父伯母。两人脸上浮现出迥然不同的表情，茂七抿嘴偷笑，阿里则斜眼瞪着偷笑的茂七。

先开口的是阿里：

“阿年啊，这没什么好担心的，你想得太多了。”

“是吗……”

“是啊。不然的话，就是宗吉有点近视了。”

“看女人时才会近视吗？”

阿里在出言取笑的茂七背后使劲拍了一掌。

“哦，痛啊。女人真可怕。”

那晚，茂七劝阿年务必留下来过夜：

“我有点公务，现在要出门一趟。阿里一个人在家大概会觉得不安，这个时候你单独一个人回去也很危险。今晚就睡这儿，懂吗？”

因宗吉的事被茂七取笑而闹别扭的阿年，故意与伯父唱反调：

“哎呀，伯父，阿年的话，就算成群结队的阴魂挨近也不会有事，说这话的到底是谁啊？”

茂七没笑，反而像怕别人听到似的压低声音说：

“你有时也要乖乖听我的话。你应该也知道那个‘砍脸’的事吧？”

阿年一时想不起是什么事，望着一本正经的茂七，然后“啊”地笑出来。

“我当然知道，可是案件不是发生在这一带吧？再说，本所深川这一带有伯父在，伯父不会让那种事发生吧？”

"我是不打算让那种事发生……"

茂七说的"砍脸"事件最近轰动整个江户。每逢满月前后的晚上，有人专挑年轻女子，用剃刀砍女子的脸。

"这事还是小心点比较好，何况最近月亮也相当圆了。"

听茂七这样说，阿年抬头仰望格子纸窗外的天空。细长鸡蛋般的月亮，大得近似在眼前。阿年暗忖，月亮好像也在瞧着自己。

虽然阿年强调这里离家很近，不会有问题，但最后还是决定在伯父家过夜，反正也可以跟阿里好好聊些有关女人吃醋的事。

3

经过阿里的安慰，阿年勉强打起了精神，不料不久之后，事情竟开始朝更糟糕的方向发展。

阿年频频前往宗吉独居的后巷大杂院，帮他打扫、洗衣、煮饭、汲水，等候他回来。大杂院的邻居，也视阿年为宗吉的媳妇，从不说长道短。

有一天，阿年在家等到宗吉回来，他说客户因上梁仪式请客喝酒，回到家时，昼长的夏夜早已昏黑了。

阿年急忙迎了出去，接着她察觉到了一件事。

宗吉身上有白粉香味。

那味道和阿年的不同，而且很浓，似乎是上等货。阿年用鼻子嗅了嗅，冷不防一把推开宗吉。此时，阿年脑海里浮现出某个脸颊丰润的女人，边梳拢垂落的头发，边推着宗吉的背送他出门。

阿年不顾羞耻，放声大哭。宗吉一阵莫名其妙。

“怎么了？”

阿年抽噎着大喊：“那白粉味到底是什么？”

宗吉大吃一惊。他扯着胸口的短外褂凑近鼻子，然后老实得近乎愚蠢地说：“哎呀，这下惨了。”

阿年拔腿跑到外面，松开围裙，揉成一团丢给宗吉，丢下一句：“我不想活了！”

她说完便转身跑开，坐在地上的宗吉大喊着：“阿年！”

阿年回家后，一直关在自己房里，不停哭泣，偶尔抬头倾耳细听有无宗吉追过来的动静。

阿年家是生意兴隆的小饭馆，客人进进出出的，总是人声嘈杂。可是无论如何倾耳细听，终究听不出其中有宗吉的脚步声。

那晚阿年睡不着，真如有醋劲要烧起来那般。

她想宗吉没追过来，如果那是不小心沾上的，宗吉应该会追上来解释。他若不想让我难过，应该会拼命解释，可是他没这么做，难道他一点都不在乎我?

想到这里，嘴角马上积满了从脸颊滑落的咸咸的眼泪。

翌日，阿年不吃早饭也不吃中饭，始终躺在床上。母亲担忧地过来探问，阿年只是搪塞着赶走母亲。

她等不及了。再等下去，宗吉大概也不会来找自己，还是自己主动找宗吉说开。阿年起身时，太阳已西斜了。

阿年汗流浃背，发髻也歪了。她想，原来这就是醋劲大发的模样。

她不知道宗吉目前在哪里工作。到工头家问，工头一定会反问她，这样一来会让宗吉丢脸，看来只能在家等他回来。阿年双脚往深川走去。

阿年来到了竖川桥。她垂着头往前走，耳边传来嘎嗒嘎嗒声，抬头一看，叫卖消暑药草的小贩挑着担子从阿年身边走过。他没出声叫卖，只是挑着担子经过，大概是没东西可卖了。

说起来今天确实很热，阿年像刚想起来似的抬手擦拭额头上的汗珠。

然后，她看到那姑娘。

阿年因心事重重而没留意四周，当她发觉已来到小名木川桥桥畔时，吓了一跳。没想到醋劲可以让人一口气走这么远。

那姑娘，叫什么来着，对了，是阿吉，澡堂的继承人。

阿吉站在小名木川桥上，手肘搁在栏杆上，眺望着河面。

阿年缓缓走上桥，打算从阿吉身后走过，却听到阿吉不知喃喃地说些什么。

看来阿吉在茂七家倾倒得还不够，连在外头这种地方，她也把脑子里胡思乱想的事说出来。阿年凑近阿吉，想听清楚她在喃喃些什么。

“……每个人都这样。以为我听不懂而瞧不起我，其实我——”

阿吉说到这里突然回过头来，阿年像被针扎到似的吓了一跳。

“你好。”

虽然很可笑，但阿年只想得到这句话，就脱口而出了。

阿吉凝视着阿年，一双小眼睛犹如受到惊吓的小动物般滴溜溜地转动，还不时伸出舌尖濡湿嘴唇，身上还有一股汗酸味。

“你听过愚弄伴奏吗？”

阿吉突然开口说道。阿年没听清楚，反问：“啊？什么？”

“愚弄伴奏。”阿吉重复说了一次，“是那些家伙在伴奏，吵得令人受不了，可是我真的听到了。”

阿年心想，虽然阿吉说得让人一头雾水，但是她要是没听到，应该不会觉得吵，只是眼前还是不要理她比较好。

“想骗我是不可能的。我都听到了。我知道他们都瞧不起我。”

阿吉如此说道。她很生气，可是惹她生气的人似乎不在这里。阿吉的愤怒，就像小孩子抱怨下雨，听起来很幼稚。

一阵晚风从河畔吹了过来，领口的地方顿感清爽。阿年心想，啊，好舒服。

“我得走了。”

其实没必要跟阿吉说，但阿年还是小声说了，这才迈开脚步。阿吉依旧面向河站在原地说：“愚弄伴奏。”

在生气的阿吉眼里，晚霞似乎也气得逐渐扩散。她像是对着晚霞说似的拉高声音：“男人都是愚弄伴奏。”

阿年暗吃一惊，停下脚步，悄悄转过头去，阿吉仍一副若无其事的样子站在原地。

“我通通知道。”她再度说道。

阿年想了一下，总不能任由她站在这里，还是带她回家吧。虽说离太阳下山还有一段时间，但要是对这种女孩置之不理，又于心不忍。

何况阿年突然为这可怜的姑娘心软了。

阿吉完全发狂了，这点阿年很清楚。可是她为何变成这样，伯父茂七并没有说明，或许伯父也不知道，而阿吉也没说吧。

但是此刻的她却说“男人都是愚弄伴奏”，这话让阿年似乎看到阿吉遭到背叛的灵魂。

“愚弄伴奏”是本所七怪事之一。于深夜突然醒来时，不知何处会传来祭典的伴奏声，声音忽远忽近，却怎么也听不出是从哪儿传来的。之后，早上起来一探问，才知道根本没有人家于深夜弹奏祭典乐。这是传说的内容。

听到阿吉那句“男人都是愚弄伴奏”时，阿年心想，嘲弄人似的愉快祭典伴奏声，跟猜不出其想法的恋人一样。

阿吉或许也曾为了恋人吃过苦头。

大概是相隔两地的单相思。

可是一样是痛苦的感情。

阿年觉得这点跟自己相似得近乎悲哀。

阿年挨近阿吉，手搁在栏杆上，与阿吉并立。阿吉犹如看着滚到脚边的石头般看着阿年。

“要不要聊一聊愚弄伴奏的事？”阿年对阿吉笑道。

阿吉却别过脸，接着声音尖锐地说：“你不也是愚弄伴奏吗？”

4

之后，阿吉便不再开口，阿年也默不作声地与她并肩探看河面水流。自她们身后经过的人，大概会以为这两个交情很好的姑娘各自陷入了沉思。

水流的颜色逐渐灰暗，看似很凉快。抬头仰望，天空也染上淡墨般的颜色，而映照那颜色的水流益发暗沉了。

晚霞已升至高空，变成天女“唰”地拂动衣袖般的云。往来行人也骤然减少了。

阿年突然想起今晚是满月。

砍脸……

月亮像切成薄片的白萝卜，浮在黄昏朦胧的天空。不行不行，伯父叮嘱过千万要小心，手上又没灯笼，不赶快回家不行！

自己究竟为什么过了竖川桥来到这儿，阿年边如此想着，边拉了一下阿吉的袖子。

“阿吉，回家吧。太晚回去大家会担心。”

阿吉纹风不动。阿年耐心地再三劝说，好不容易才让阿吉看着自己时，桥上已完全暗了下来。

“走，我们回家吧。”

阿年带着微笑想牵起阿吉的手。

就在这时——

背后响起一阵细细的“咻咻”声，那声音在黑暗中听来，像是纸制的蛇在匍匐前进。

那是衣服的摩擦声。有个男人挨近阿年身后，待阿年察觉回过头时，阿吉发出类似“喝”的叫声。

阿年感到有人粗暴地抓住自己的肩膀，那人正在扳着她要她回头。她看到金属亮光一闪，如细长银色的鱼在水中跳跃那般。阿年发出惨叫。

阿吉转过健壮的身子猛扑过来。她没逃开。她将阿年撞到一旁，整个人扑向男人。

“都是愚弄伴奏，我通通知道！”

阿吉如此大喊。一屁股跌在地上的男人，手中握着锋利的剃刀，目瞪口呆地仰望着阿吉。

这时，传来一阵哨子声。阿年头昏眼花，双手蒙住脸。

“阿年、阿吉！你们有没有受伤？”

是茂七的声音，是那个她以为再也听不到的声音。阿年抓着跑过来的伯父的手挣扎着想站起来。

茂七并非单独一个人，还有三个男人，虽然都是阿年不认识的面孔，但一定是茂七的年轻手下。他们正用捕绳层层捆住拿剃刀袭击阿年的男人。

“真是个倒霉的家伙。偏偏选中阿年小姐，想砍小姐的脸。”

“砍脸？”

阿年不禁捂着双颊。

“到底怎么回事，伯父？这就是那个砍脸的家伙？”

茂七在阿年身边蹲跪下来。阿吉则一颗心飞到远方似的，对任何人都视而不见、听而不闻地眺望桥的另一端。

茂七转身看着阿年，拉着她的手起来。

“是的。这家伙实在是造孽。”

茂七俯视着被捕绳捆绑的男人。

“这浑蛋家伙是半年前开始干这种事。最初的作案地点是麻布。”

掉落剃刀的男人清瘦的下巴紧贴着单薄的胸膛缩成一团。

“第二次满月时，作案地点在四谷，接着是骏河台。他逐渐往东移。其间，因为遇害的姑娘大喊大叫，他也曾失手，但将那地点也算进去，整个串联起来的话，路线非常明显。”

真的是，说他老实的确也真老实。

阿年探看男人的那双小眼睛。那是一双颜色很淡、目光游移不定的眼睛。阿年心想，这男人可能跟阿吉一样，而且跟阿吉疯得有理的情况类似，这男人也许自有他的道理。

想到这里，反倒觉得更可怕。

“结果上次满月时，他终于越过大川，在两国砍了一个人。这样一来，我就猜测他在下回满月时，肯定会到本所深川这一带，所以在这附近埋伏。只是怕说出去会引起不安，才一直瞒着。”

“这家伙果真厚着脸皮出现了。可是即使逃过了其他捕吏的追捕，也逃不过我们头子。”

年轻手下张合着鼻翼说道。阿年总算让怦怦跳动的胸口平静了下来。

这时，阿年看到有个女人孤零零地站在离众人不远的地方，她用手巾蒙住脸，只露出涂上鲜红胭脂的嘴唇以及直挺的鼻子。她双唇含住手巾一端。

阿年觉得这女人有点面熟。女人穿着上等衣服，也许是新定做的，淡红色花样，与白皙的脸非常相称。

可是她的肩膀看起来又很结实，脖子好像也有点粗——没错，以女人来说确实如此。

茂七循着阿年的视线，恶作剧般地供认道：“为了诱捕这砍脸的家伙，必须有个囮子。可是啊，阿年，我们不能真的去找年轻的姑娘，话又说回来，我那些手下，让他们假扮女人的话，只会令人恶心，所以最后决定拜托那小子了。让他穿上女人的衣服，再化个妆，就足以冒充年轻女子了。而且那小子又是个动作敏捷、身轻如燕的男子，一旦有危险，也能保护自己。因此在月亮渐圆的这段时间，我每晚带着他到处晃。”

茂七为难地搔着头，接着说：“真的很抱歉。我听到你醋劲大发时，觉得很对不起你，每次都在心里向你合掌。”

茂七嘴里虽这么说，脸上却挂着笑容。

“那小子也真是老实到家了。他说光外形像不行，举止也要像个年轻女子……才会目不转睛观察擦身而过的姑娘。阿年，你就原谅他吧！”

那“女人”在瞠目结舌的阿年面前，松开含在嘴里的手巾。

“阿年，对不起。”宗吉说道，“我这个模样……”

难怪他身上会有白粉味——阿年昏厥过去。

5

阿年回过神时，发现自己在茂七家的里屋。她仰望着有漏水痕迹的天花板时，眼前出现了阿里的脸。

“啊，太好了！你醒来了。”

阿年抬起身子，第一句就问：“宗吉呢？”

阿里笑了出来。

“他跟我老伴儿一起到办事处。再说，他若不换衣服并洗去脸上的白粉，恐怕没脸回来吧？”

阿年听了总算冷静下来。这么说来，小名木川桥上的事，不是做梦了。

“阿吉呢？”

“那孩子跟往常一样。”

不久，茂七回来了，身边跟着宗吉。

“你们两人自己谈谈。”茂七说得爽快，接着露出坚固的牙齿笑道，“我不会打扰你们。反正已经抓到那个砍脸的家伙，不用怕走夜路了。”

宗吉默默望着阿年。阿年笑着对茂七说：“我想知道一件事。”

“什么事？”茂七回答。

“那个砍脸的男人为什么要这样做？”

“因为女人嫌他长得丑，把他甩了。”宗吉答道。

宗吉一脸认真、悠悠地接着说：“真可怜，脑袋因此失常，变得极为憎恨女人。阿年啊，男人要是被甩了，也是很恐怖的。”

茂七夫妇哈哈大笑，就在阿年手足无措时，宗吉也笑了起来。阿年也跟着展颜微笑，然后拧了一下宗吉的手肘。

“不只这个。”等大家笑声停歇，阿年继续说，“阿吉的事我也不清楚。阿吉问我：‘听过愚弄伴奏吗？’又说：‘你不也是愚弄伴奏？’她从砍脸男人手上救了我时，也说了同样的话……那到底是什么意思？”

茂七说在闷热的晚上喝这个最好了，他正喝着刚煮好的热麦茶，流着汗，皱着眉头。然而等他开始说明时，表情变得更严肃。

“阿吉这孩子，以前是个再正常不过的姑娘，或许这反而害了她。她会变成这样，是因为亲事吹了。”

根据阿吉父母的说法，最初这门亲事看似很好。对方是日本桥通町一家五谷批发商的嗣子，长得一表人才。阿吉对他迷恋得晕头转向，对方也看中阿吉那活泼开朗的性子，亲事谈得很顺利。

后来亲事半路吹了，因为对方突然陷入恋爱。当然恋爱对象不是阿吉。

“非常对不起。”男子双手贴在榻榻米上说道，“早知道会如此，应该早点儿说清楚比较好。我最初就有点不满意阿吉姑娘。怎么说呢……我认为阿吉姑娘长得不漂亮……”

“太过分了！那男人真可恶。”

阿年先骂了对方一顿，继而想起自己也曾说过：“阿吉若不招赘，恐怕没人肯娶她吧。”

阿年深感惭愧，避开茂七的视线。

“当时，阿吉的亲事已经众所周知，结果中途告吹，等于是遭人丢了一身泥巴。”

茂七摇摇头接着说：“就算没这件事，阿吉自孩提时代以来，别人老是拿她跟两个姐姐比，本来就是个很寂寞的姑娘。那男人的话大概令她受不了……就是从那之后开始的，她整个人就像齿轮逐渐无法咬合似的。她深信大家都指着她的脸嘲笑她。然后，她暗自决定，要杀死那些嘲笑她的人……”

“不过她只是在心里杀人，用嘴巴一个个杀死对方。”

阿年想起阿吉那肥胖的侧脸。

“她没有真的动手伤害人吧？”

宗吉如此问道，茂七用力点了点头说：“所以我认为阿吉总有一天会恢复正常，她没有失去原本具有的爱心。”

“她还记得当时救我的事吗？”

阿里一副“可以说出来吧”的表情望着茂七，然后她说：“当时啊……阿吉好像以为那个砍脸的男人不是要砍阿年的脸，而是要砍她，所以才会那么做。听说她在办事处也是这样说的。是吧，老伴？”

大家都指着我的脸嘲笑，他们不要这张丑脸，所以要砍我的脸。

阿年闭上双眼。

愚弄伴奏——深夜醒来时，不知从哪里传来热闹的祭典笛音、鼓声，虽然不知是谁在何处伴奏，但确实会听到，而且声音忽远忽近。

阿吉把愚弄伴奏听成了嘲笑她的声音。

“你不也是愚弄伴奏？”

她在自己那发狂的脑袋里，逢人就这么乱说，可是对着阿年这样说时，却一语中的得令人感到悲哀，因为阿年也曾躲在纸门后嘲笑阿吉。

“对不起。”阿年喃喃自语，按住了双眼。

她觉得耳朵深处，好像隐约听到了笛音、鼓声。

横川彫竹

第六篇

洗脚宅邸

1

继母很美。

自第一次见面以来，美代就迷上了新来的母亲。白皙的脖子，苗条的身影；鲜红的小嘴，令人觉得那唇仅仅是为了涂上胭脂而生的。继母柔软的双手，在缝缀色彩鲜艳的窄袖服或在客堂插花时，都会令人觉得，那双手仅仅是为了接触这世上所有美丽的东西而生的。

阿母怎么那么漂亮？美代心里老是有这个疑惑。

美代的生母，早在美代懂事之前就过世了。美代连她的长相都忘了，不过偶尔听到铺子里的佣工提起时，美代知道，虽然生母性情非常温柔，却不怎么漂亮。

“我阿母跟现在的阿母哪个比较漂亮？”

美代若这样问，铺子里的人会先想一下，然后回答：“前任老板娘当然也很漂亮。没办法比较呢。”可是，在他们都同样“想一下”的这个举动里，美代看到了事实。

大人有不好直接说出来的事时，为了要修饰和隐藏，总是会先“想一下”。

“我将来能不能像现在的阿母那样漂亮呢？”

美代如此问时，大家会凑过来说：“那还用说，小姐将来一定很漂亮。”

在那不假思索的回答里，美代又看到另外一个事实。

当大人不想伤小孩的心而加以哄骗时，总会很快回答，给人一种说话不经大脑的印象。

美代照着小镜子、照着水洼，从旅所桥上俯视横十间川的河面时，怎么看都觉得那映照出来的平凡圆脸、有点下垂的眉毛、小眼睛及皱巴巴的嘴唇，皆遗传自父亲长兵卫的五官。

（毕竟我跟现在的阿母没有血缘关系嘛。）

美代的小手贴在双颊上叹着气。

（唉！为什么我的皮肤不像现在的阿母那样白？为什么我没有尖下巴？为什么我没有那种美得像装饰品的澄澈眼睛？）

这时，继母的手会温柔地抚摩着边这样想边照着小镜子的美代的头。

“唉！又在照镜子了。别那么担心，等美代长大了，肯定是町内的第一美女。”

美代仰头望着继母报以微笑。只要是从继母嘴巴里说出来的，连谎言也很美。

美代生长的大野屋，是家雅致的小饭馆，位于龟户天神附近。料理当然是一流的，加上地点好，捧场的常客很多。每逢神社里梅花、藤花、胡枝子盛开的季节，饭馆内便会聚集想对酌赏花的铺子老板，生意非常好，而饭馆佣工则忙得一整天都抽不出时间好好吃一顿饭。

“这不是该感恩吗？”美代的父亲、大野屋老板长兵卫说道，“我们不能想成自己是在人家享乐时不得不工作，而是应该想成是人家让我们有工作。正因为天下太平，而神社里的花也每年盛开，我们的饭馆才能维持下去。”

长兵卫是那种对万事都说“该感恩”的人。下雨时，该感恩，晴天时，也该感恩，连美代撞到炉灶，头上起了个大肿包时，他也这样说：

“只是起了肿包而已，太好了。应该这么想，只是小难而不是大难，这不是该感恩吗？”

大野屋铺子门面虽小，却是著名的饭馆。起初是长兵卫的父亲，靠着一把菜刀和烹饪手艺创下的饭馆。无论铺子声誉再好，如何客满，他父亲也不打算扩大规模。形体扩大了，一定会在某处出现漏洞。若将铺子扩大到老板视线无法遍及各个角落的规模，有朝一日肯定会因那个漏洞，让铺子缩小至比刚开张时还小的规模——这是长兵卫父亲的信念。

然而讽刺的是，独生子长兵卫有一个厨艺那么好的父亲，自己却欠缺身为厨师的手艺。他受过父亲的严厉训练，也到各处饭馆厨房学习过，最后知道自己并非继承家业的料时，才决心离家出走。

但是他被父亲阻止了，他教诲长兵卫："你就当大野屋的耳目，当大野屋的舌头。"

父亲培育了两个足以将大野屋厨房委托给他们的好厨师，而长兵卫的职责就是使唤他们，制造能让他们充分发挥手艺的"门面"。

长兵卫坚守父亲的教诲，一路这么掌管大野屋。前年春天在神田多町开了一家小分店，开始经营外卖。每逢两国河纳凉解禁时，为了应付想在烟火船吃大野屋料理的客人订单，铺子里总是忙得不可开交，连仰望夜空的时间都没有。

除了两家铺子，长兵卫也拥有几处大杂院。大杂院平日交由管理员负责，但如何安排那边的收入，则是长兵卫一个人的事。大野屋厨房能放心地在材料上下功夫，挑选器皿，甄选美酒，都是因为有其他收入，所以长兵卫时常向铺子里的人说：

“这是该感恩的事。”

而长兵卫只有一件事无法微笑着说“该感恩”，那就是美代生母的病逝。

据说，最初只是染上风邪。那时美代刚断奶，已经可以交给下女照顾，长兵卫心想，那正好让美代生母好好躺着休养两三天，应该就会恢复健康。他真的没想到事情会变得那么严重。

结果妻子没几天就过世了，这是七年前的事。

急急忙忙赶来的町内的医生，下了为时已晚的诊断，说“可能是心脏太弱了”，根本无可挽救。

唯独这件事，长兵卫再如何绞尽脑汁也无法找出“该感恩”的地方。若有人问起，他虽回答“大概本就寿命已尽吧。没受太多痛苦便过世了，这是该感恩的”，但一旁的铺子佣工看得出说这话的长兵卫，双眼像长久搁在阴暗处的水桶内的水，既沉滞又混浊。

在那之后，长兵卫没再续弦，专心做生意，倾注心力疼惜抚育美代。他不但不喝酒，脚尖也从未朝吉原妓院城走去。他引以为乐的是偶尔带美代逛祭典夜市，或每天早上抛投小米粒喂喂飞到院子里的麻雀，驯服它们而已。

而这样的长兵卫竟然恋爱了，他陷入了连对过世的老板娘也从未有过的热恋。

对方正是现在的老板娘，美代的继母阿静。

阿静今年二十四，年龄和长兵卫相差一轮以上，身世背景也交代不清。她本来在龟户天神神社里的茶馆做事，长兵卫对她一见钟情。这是半年前的事。

最初，铺子里的人对长兵卫这段迟来的春天感到不妙。倒不是说在茶馆做事的女人不好，其中当然也有沉稳体贴的女人。可是要迎进大野屋当老板娘的话，总要找个门当户对的女人。

“大抵说来，无亲无故的单身女人不太好。”

皱起眉头说这话的是下女总管阿胜。她三十出头，也是未嫁的独身之人，领了一间坐南朝北的小房间，掌管所有家务，连长兵卫在她面前都抬不起头。

“独身的人啊，我自己也是，大都自由惯了。可是要当这儿的老板娘，必须管束这么多下人，有时要软硬兼施，有时要斥骂又要褒奖，让一个长久以来只习惯处理身边琐事的人来做这种使唤人的苦差事，我反对。”

美代曾听过阿胜噘着嘴如此说道。

对美代来说，阿胜也是个可怕的人。所以美代心想，既然阿胜姨娘那样说，阿爸就算再怎么喜欢那个叫阿静的人，大概也无法迎进家门。

然而长兵卫却是认真的，没有草草就放弃了。

他托了合适的人向阿静提亲，得知阿静的心也和自己一样时欣喜若狂。他对阿静发誓，无论什么困难都要克服，一定会迎娶阿静进大野屋，又跟铺子里的人说，自己下定决心要谈成这门亲事。

“不愿意阿静当老板娘的人，老实跟我说，我可以让你们辞职，当然也会帮你们介绍新工作，也会给津贴。总之，我不能让不满意阿静的人继续待在大野屋。”

对这样的宣言，铺子里的人和美代都大吃一惊。因为除了大野屋的经营问题，大家都是第一次看到长兵卫如此坚持己见，说什么也要如愿的模样。

“老来才出的麻疹，通常症状都很严重。”

阿胜甚至闷闷不乐地这样说过。

话虽如此，但老板都那样说了，也没办法——起初怀着这种心情的铺子佣工，在第一次见到随长兵卫来大野屋的阿静时，竟像搁在阳光下的糖果那般，态度软化了许多，不，甚至有人就此融化了。

美代就是其中之一。

阿静很美，而且很温柔。当她露出有点害羞的笑容时，像个少女般纯真，很惹人怜。不仅如此，举止也沉着端庄，声音甜美又温和，却不显得轻率。虽然打扮简朴，但腰带和衣服都很整齐，布袜不是新的，脚底却很洁白。

“老板会迷上她，嗯，这也难怪。”

厨房里出现这种风评，顿时整个铺子热闹了起来，变成准备迎接新老板娘的气氛。美代也兴高采烈。

阿胜却板着脸，一个人忙着把柴薪丢进炉灶，最后连自家人的事前庆贺喜酒也不肯喝。美代对此觉得很可笑。

虽然没有举行盛大的婚礼，但在自家人庆祝婚礼时，来了个名叫伊三次的男人，说是阿静唯一的亲人。那个男人据说是阿静的表弟，是个园艺师傅，身材修长，长相也不错，年龄比阿静小一点，却很懂世故，十分圆滑。他庆幸阿静找到幸福，向长兵卫弯腰鞠躬，喝了喜酒之后，满面通红地离去。

“我总觉得看不顺眼。”阿胜对他也有批评，“哪有园艺师傅的手那么干净的？”

只要跟阿静有关的事，阿胜都不满意。一定是在吃醋，美代恍然大悟。

阿静很快习惯了大野屋。家里或铺子里的事，她很快就领会了，快得令人吃惊，凡事过目不忘。她也会到厨房亲自煮饭、煮味噌汤，帮长兵卫缝新衣，并与他一起投喂院子里的麻雀，到了晚上哄美代睡觉，早上叫醒美代。

从小失去母爱的美代，觉得一切仿佛在做梦，每次在阿静身旁就好像踏在五彩云端。

“我就是看不顺眼。”

事到如今，阿胜还这么说，于是美代决定不跟她说话。在背后说我新阿母坏话的人，怎么可以原谅？我最喜欢新阿母，这世上最喜欢她了。

不知是否察觉了美代的这个心思，阿静非常疼爱美代，两人犹如亲生母女。她们一起洗澡，一起吃同一盘子里的菜，有时也会盖同一条被子，兴致勃勃地讲悄悄话直至深夜。连长兵卫也诧异这两人到底在做什么，躲在纸门后偷窥时，阿静也只是快活地说：“今晚我跟美代一起睡。”然后像个小姑娘似的咯咯笑。

美代心想，原来这世上竟有这么快乐的生活，有时甚至会拧一下自己的脸颊。她只有在照着镜子，再度认清自己的容貌跟阿静完全不像时，才会陷入像是悲哀又像是寂寞的心情……

然而，这种日子开始蒙上了小小的阴影。美代察觉此事时，正值天神境内的梅花绽放之际。

2

深夜——

必须早起的大野屋，半夜里大伙儿都睡得很沉，连清嗓子的声音都没有。住宿佣工虽有十人左右，但似乎没有鼾声过大或会磨牙的人，夜里总是平平稳稳、鸦雀无声地度过。

可是立春刚过的那天半夜，在如常的寂静中，突然传来女人的惨叫。发出一声又一声的尖叫，几乎要扯破喉咙的人显然是阿静。

美代吓得跳了起来，却因为太害怕，有一会儿连动也不敢动，她呼吸困难，双手颤抖。

阿母——阿母发生了什么事?

听到在走廊上奔跑的脚步声，美代好不容易才鼓起勇气爬出被褥，打开纸门冲出去，阿胜正好只手举着蜡烛，在走廊大踏步往这边靠近。

“小姐，回被窝去。”

阿胜冷冷丢下这句话，将美代推回房里，紧紧关上纸门。美代鼓着双颊，再度来到走廊。

可是这回也遭到一名下女的阻止，她根本无法接近双亲的房间，只断断续续听到阿静细微的声音和长兵卫的说话声。

不久，阿胜举着冒油烟的蜡烛回来了。透过黑烟，她的表情显得十分僵硬。

“老板娘说她做梦了。”阿胜简洁地说道，“做了噩梦，所以不禁叫了出来，不用担心。”

“什么梦？”

令阿母那么害怕的到底是什么梦？要怎么样才能赶走那噩梦？美代心想。

“不知道。”阿胜答道，“先别管这个，小姐不快点睡不行。这个时间还睁着眼，小心看到怪东西。看，就在那里。”

阿胜如此恐吓，美代赶忙跳进被窝里。真是坏心眼。

翌日，美代偷偷看着一早就忙个不停的阿静，逮住机会扯着继母的袖子。

“怎么了？”

阿静和平素没两样，今天也很美——穿着美代暗自认为最适合阿母的红染衣服。

只是脸色好像有点苍白。

美代问她昨晚的梦——到底是什么让阿母那么害怕？

“唉！”阿静蹲下身子，双手搁在美代肩上说道，“原来美代这么担心。对不起！”

“没什么。我喜欢阿母嘛。”

美代话一出口便涨红了脸。

阿静微笑地凝望了美代一会儿，然后说“谢谢”。美代感到耳根子一阵热。

“阿母做的梦很可怕吗？是梦见鬼吗？还是有人在追阿母？”

阿静摇摇头说道：“不是，不是那种梦。不是梦见可怕的东西。只是……”

阿静的眼神像是在看着深渊。

“会想起以前的事。梦里，我回到以前非常穷、老是挨饿的时候。”

“阿母有过那种时候？”

“有。美代大概不知道那种滋味，不知道比较好。与其要尝那种滋味，还不如死掉比较好呢！”

阿静摸了一下美代的脸颊说“不要担心了”，然后走出起居室。屋里留下好闻的香味，因为阿静在袖口里放了香囊。

详细告诉美代有关阿静的梦的是父亲长兵卫。

虽然阿静那样说，但美代很想知道继母以前的艰苦。阿母到底吃过怎样的苦头呢？明明是那么漂亮又体贴的人。

美代对继母那份深深的关怀，似乎感动了长兵卫。他眯着眼，摸着下巴，如此告诉美代——

阿静生于板桥，是宿场町尽头一家小焊接铺的女儿，有五个兄弟姊妹，日子十分艰难，连米、味噌、酱油都无法一次买足，总是只买当天的份，暂且度日，这是阿静当时的生活。

“你现在的阿母，在比你还小的时候就到处去做事了。有时捡柴，有时帮人打扫落叶，帮人汲水，只要是小孩子能做的，她都做了。可是最有钱赚的，听说是旅馆的打杂丫头。”

说是打杂，年幼小孩能做的事毕竟有限。阿静负责的是每有旅客投宿旅馆，就捧来盛水木盆，清洗旅客那沾满泥巴尘土的双脚。

“板桥那一带有很多住宿旅馆。人来人往，旅馆里住了许多旅客。你阿母每天都要洗那些旅客的脚。洗了十个人，才有晚饭吃，洗了二十个人，隔天才可以继续在旅馆工作。因为不想饿肚子，只为了不想饿肚子，阿静总是蹲在冰冷的脱鞋处，每天帮人家洗脚。”

阿静现在偶尔还会梦见当时的情景。无论洗了多少，沾满泥巴的肮脏双脚依旧会在眼前伸出来。即使又饿又冷，身子很难受，仍不得不捧来盛热水的木盆，帮旅客洗脚。丢下木盆拔腿逃跑时，身后会传来许多追赶的脚步声。

“洗——洗——洗——”脚步声如此高喊着。

“好可怕的梦。”

美代打了个哆嗦说道。阿母真是个可怜的人。

“阿爸不会让你受那种苦。”长兵卫温和地说道，轻轻拍着女儿那小小的手背，“你放心，阿爸绝不会让你跟阿静过那种要担忧明天生活的日子。”

听了父亲的话，美代稍微放下心来。

那晚，晚饭过后，美代悄悄挨近阿静唤了声“阿母”。

“我有话要告诉你。”

阿静跟着美代来到美代起居的小房间里。房间一角有阿静帮美代缝制的漂亮布球。美代点亮座灯，膝上抱着布球，压低声音说：“阿母的梦，我听阿爸说了。”

阿静皱起细眉，难堪地笑着说：“唉！太丢脸了。”

“一点都不丢脸。我终于明白阿母是很了不起的人。吃了很多苦头。不像我，什么都不用做……”

阿静又笑了，接着说：“能不吃苦的话，比较好呢！美代没必要去想这种事。”

美代握住继母的手说：“很久以前，阿胜曾经告诉我……”

提到阿胜，温和的继母表情微微沉了下来。这两人的个性大概不合。美代赶紧接着说：“她说本所有七怪事，阿母，你知道吗？”

搁下渠、单边芦叶、不落叶的椎树——

“其中有一个是‘洗脚宅邸’。”

故事是——每当有人睡在某宅邸的榻榻米房间，深夜会有双肮脏大脚踢破天花板而来，命令那人“洗，洗”。如果仔细洗干净，可以降福，否则就会大祸临头。

“阿母，阿母小时候洗了很多脏脚吧？帮他们洗得很干净吧？所以会带来很多福气，以后应该会有很多好事。下次再梦见洗脚的梦时，这样想就好了。想成这是幸福要来的预兆。”

阿静微微睁大双眼，接着破颜一笑。

“美代真是……”

继母别过脸，避开座灯的亮光，悄悄用袖口按住脸。美代觉得那姿态真美。

之后，有一段日子，阿静不再为梦所苦。美代感到很得意，自己说的话或许有点见效了。

随后，美代察觉到了一件怪事。

不知是不是源自生母，美代身子有点弱，白天通常一个人玩。除了学古筝或听从阿胜的吩咐帮做家事之外，她大抵都窝在里屋，有时练习阿静教她的针线活儿，有时则有样学样地插插花。

里屋有院子，隔着经常修剪的篱笆，可以望见一条窄巷。

有个女孩单独站在窄巷里，状似窥视大野屋的住屋。

她身上穿着洗得发白的衣服，绑着薄腰带，脸上脂粉未施，是个不起眼的女孩。看上去像是人家的下女，可是下女不可能在白天站在巷子里，百看不厌地望着人家的住屋。

自从美代发现那个女孩不时注意她之后，她就不再大剌剌地出现。有时她会偷偷躲在篱笆下。美代有时会看到篱笆外有东西闪着亮光，心想那是什么，挨近一看，原来是躲在那里的女孩的发簪——把美代吓了一跳。

每当美代挨近，那女孩便慌忙逃走。

她为什么那样躲着？是在偷看家里的某人吗？

美代接连几日都在想这件事，也向大人提起，但只有阿静感兴趣。

阿静甚至有时会在里屋陪美代等那女孩出现。

“有点恐怖。”她一本正经地说，“不知道她有什么企图。”

不过每当阿静和美代一起，那女孩就不会出现。阿静等了几次，因总是无法看到那女孩，于是说道：“会不会是美代多心了？”

“没有，绝对没有。我真的看到了。”

这么说来，难道那女孩是针对我而来？……

这事很奇怪。以前从没见过那女孩，再说，有事找我的话，一开始开口搭话不就好了？

如果下次再来，一定要抓住她问问。美代这么下定决心。

但是美代也无法老惦着这件事。因为那天，也是在深夜，换长兵卫发生了不寻常的事。

3

美代听到阿静的喊叫声时，以为阿母又做了噩梦。可是倾耳细听，才知道阿静喊的是："老板他……老板他！……"

美代跳起来冲到走廊，差点撞上撩起下摆飞奔过来的阿胜。

这一回，美代依旧无法靠近双亲的房间，只能等到早上才得知事情的详细经过。

告诉美代详情的是阿胜。她表情郑重，眼角刻着深深的皱纹，在大锅前煮开水，眼睛好像透过水蒸气窥视着一方。

"听说是半夜突然喘不过气来。"

"阿爸？"

美代感到害怕。她那已记不得长相的生母，也是因心脏不好而过世。难道阿爸也会和生母一样？

"小姐，你别害怕。老板没事的，他昨晚马上就好了。"

"那为什么不让我去见阿爸？"

"老板娘啊。"阿胜皱起眉头，"她说不能让你受到惊吓，才不让你过去。那时老板的脸色的确很苍白。"

阿胜又嘟囔了几句，美代没听清楚。

"你说什么？"

“没什么。”

阿胜将美代赶出厨房，美代依旧无法释怀，孤零零的一个人。

为了小心起见，当天午后请来了经常给长兵卫一家人看病的町内医生，医生说没什么好担心的，众人才松了一口气。一直守候在长兵卫身旁的阿静，也总算离开房间去找美代。

“吓了一大跳吧？对不起！”

经过阿静温柔的安慰、搂抱，美代才安下心来。阿静带美代到寝室，看到坐在被褥上撑起上半身喝粥的长兵卫时，美代有点想哭。

“没什么，大概有点累了。”长兵卫摸着美代的头笑道，“不要紧的。别哭，别哭。”

美代抹了抹脸，仰望着父亲的圆脸。不知是否多心了，父亲看起来有些苍老。

“阿爸也做了噩梦吗，所以才喘不过气来？”

“不知道。总之就是呼吸很困难，才醒过来。”

“那时老板的表情好像被人勒住脖子似的。”阿静的肩膀微微打个哆嗦，小声补了一句，“太可怕了。是不是鬼压床那类的？”

“也许是吧。”长兵卫歪着头说道，“也许是最近太忙，疏忽了拜佛龛。虽然每天早上都烧香拜拜，但缺乏诚心的话，再怎么拜也没用。是因为这样才受到惩罚的吗？”

此刻看来，父亲似乎已完全恢复元气，不仅如此，还说了令人雀跃的话。

“并不是发生这种事我才这样说，今年我们去参拜以前就一直想去的伊势神宫吧？井草屋夫妻邀我说哪天结伴一起去。这是一生一次的大事，反正已迎娶了阿静，美代也已经懂事，就下定决心去吧，如何？”

若能让阿爸变得如此温和，偶尔稍微——稍微生点病也是好事。美代边这么想边回自己房间。因为昨晚没睡好，眼皮越来越沉重，这要是被阿胜发现了，可能会挨骂，不过美代此刻想躺下来休息一会儿。

美代打开纸门，跨进充满阳光的房间时，她发现那女孩又站在篱笆外。

而且，又是定睛凝望着自己。她微微歪着头，直直地望着美代的眼睛，没移开视线。

美代不假思索地开口问道：“你是谁？”

女孩没回答，眨都不眨一眼。

美代走到窄廊。女孩纹风不动，既不逃开，也不靠近，只是定睛望着美代，像个活人偶。

美代深深吸了一口气，当场大喊：“阿母！快来！”

美代再三这样大喊时，女孩依旧纹风不动，那模样令美代觉得她似乎在等待着什么。

不久，走廊传来凌乱的脚步声，有人以撕碎纸片的劲道打开纸门，第一个冲进来的是阿胜，接着是边喊着美代边跑进来的阿静。

美代一边回头一边静静地指着篱笆外。

“看，不是我多心吧！”

她走近阿静身边，挽着她的手，又低声地说：“问她什么话都不回答，就只是不出声地站在那里。”

阿胜向前跨步，大手叉在腰上，像斥责美代那般地说：“喂，你有事找我们大野屋吗？”

女孩沉默不语，紧闭的双唇薄如柳叶。

而且，女孩此刻只看着一个人——阿静。

美代察觉之后，偷偷仰望着继母。自方才起，阿静一直没反握美代的手，令美代有点不安。

阿静定定地望着女孩，一动也不动像石头似的。面无表情的两个活人偶，隔着篱笆和院子相对而立，彼此无声交谈……

“老板娘，怎么了？”

阿静有如被泼了水似的，大吃一惊，这才回过神来。

“哎呀！”她紧紧握住美代的手，微微笑了一下，“吓我一跳，真不知那姑娘有什么事呢！”

阿胜瞪着阿静，突然回过头对着篱笆外的女孩大吼：“喂，姑娘，有事的话快说，没事的话快快走开。再磨蹭下去，小心我撒你盐巴。”

这时，女孩脸上首次有了表情。她缓缓眨眨眼，抬起尖下巴对着阿胜，一个字一个字地说：“再过不久，不幸，一定降临。”

接着她在三人还来不及意会前便转身跑开了。

不幸，一定降临。

美代察觉阿静握着自己的手非常冰冷，而且在颤抖。

4

之后，美代的日子过得宛如笼中鸟。

“好可怕，那姑娘。不知道她会对美代设下什么陷阱。”

阿静极为害怕地这样说，片刻也不让美代落单。白天不让美代离开自己的视线，晚上则让美代睡在一旁。美代住的里屋，犹如闹鬼的房间，始终紧闭。

阿胜也同样愁眉不展。那女孩丢下的不吉利话语，似乎令她那隐藏于健壮身子深处、平素不会随意动摇的灵魂发出了不愉快的颤动。阿胜老是留意美代的房间，更不讲理地说，那姑娘要是再出现，绝对把她抓到办事处。

然而，这种日子持续了几天之后，美代觉得快窒息了，连上个厕所都不能单独去，美代感到非常拘束。

何况，之后女孩始终没再出现。可能不是什么大不了的事，只是脑筋有点失常的女孩凑巧出现在院子里罢了，美代逐渐觉得事情并不严重。

可是阿静似乎不这么想，连长兵卫的劝她也不听。那天之后，她几次一早就出门，说要去找听说很灵的算命仙。她每次都到了傍晚才回来，不是说鸳鸯衣柜要换个方位，就是说佛龛最好换个大一点的，这令长兵卫担忧，也令阿胜吹胡子瞪眼睛的。

然后就在美代三人看到那可疑女孩的第十天，长兵卫再度于半夜痛苦不堪地呻吟。

睡在阿静一旁的美代，被她喊叫阿胜的声音吵醒，美代看到面无血色、手按着脖子、每吸一口气就咳得厉害的父亲时，打心底吓得全身发抖。

阿静也打着哆嗦，自枕边水壶倒了一杯水，服侍长兵卫喝下。因阿静全身颤抖得厉害，水壶里的水比美代睡前所看到的少了许多，长兵卫枕边及榻榻米上则湿漉漉的。

（不幸，一定降临。）

美代耳里响起女孩说的那句话。

阿胜认为或许睡榻的安放位置不好，翌日起，长兵卫和阿静改睡其他房间。虽然阿静大声坚持让美代也睡同一个房间，但是阿胜反对。

“这样的话，万一老板又不舒服，又会让小姐受到惊吓。”

既然这样的话，美代很想回自己房间，她不觉得可怕，毕竟是住惯了的房间。她向阿胜提出这个要求。

“如果那姑娘又出现了，一定要马上大声喊叫老板娘或我，知道吗？”

阿胜叮嘱过后，才允许美代回自己房间。

阿静看似很不安，美代为了让继母安心，说尽好话并约定一定会遵照阿胜的嘱咐。

“再说阿母光为了阿爸的事，已经很辛苦了，最好不要把事情想得那么严重。我已经不怕了。再说又不是会出现鬼魂或阴魂那一种的，只是个女孩嘛。”

但是就在如此笑着保证的当天晚上，美代正要关上木板滑门时，又发现那女孩站在篱笆外。

女孩再度说道：“不幸，一定降临。”

美代大声喊叫家人的同时，篱笆外的女孩逃走了。宛如有妖怪在身后追赶似的，女孩头也不回地快步跑开。因事出突然，美代根本没时间害怕或多想，她赤着脚跳下院子，越过篱笆追赶那女孩。

美代追到龟户天神后方的森林时跟丢了，她气得直跺脚，大骂那女孩：

“畜生！”

因为大声叫了出来，仿佛连勇气也跟着吐了出来似的，美代突然觉得有点不安。她拖着一双赤脚，在寒气里缩着身子，几乎要哭出来了。

大野屋的方向，有几盏灯笼摇曳着亮光，也有说话声。大家在寻找那女孩，也在寻找美代。啊，太好了，美代加快脚步，不料草丛里突然伸出一双手，一把抓住美代。

“嘘，不要出声。”那人低声说道，是个声音听起来和长兵卫差不多年纪的男人，“乖孩子，暂时不要出声。耳朵注意听，要注意听。”

那人用手蒙住美代的嘴，让她无法出声。美代莫名其妙地眨巴着眼睛。不久，美代总算理解男人说的“要注意听”的意思。

附近有说话声。

有两个人，是女人，其中一个是——是阿母。

阿静的声音显得低沉，那是美代至今从未听到过的声调。

“你到底要多少？”

美代简直无法置信，阿静竟会这样粗声粗气地说话。难道是阿胜开玩笑假扮阿母？

“你带了多少来？”

这么回答的——虽不确定，但应该是那女孩的声音。

就是留下那句“不幸，一定降临”的那个声音。

“动作快点。你们铺子的人在找你和小姐，要是让他们发现，对你不是很不利吗？”

“可是，用这种惹人注意又危险的方法的难道不是你吗？”阿静责备般地越说越火，“应该更偷偷摸摸……”

女孩嘲笑地说：“偷偷摸摸叫你出来的话，万一被那个伊三次杀死，划不来嘛。这样引起惊动，反而比较安全。”

阿静似乎在袖口里摸索着什么。

“现在只有这些……”

听那个动静，那女孩似乎抢过阿静递出来的东西。

“只有二十两？算了，总比没有好。”

女孩笑着说道。阿静咬牙切齿地说：“你真的不会把我的事说出去？”

“只要你守信的话。”

“我一定守信。你要多少钱，我都给你。反正我也不打算在大野屋久待。”

不打算久待？美代有点怀疑自己是不是听错了。

“再过不久，我就可以得到要多少就有多少的钱，到时候，我就不用再忍受那种生活了。”

那个女孩压低声音说：“什么时候动手？”

“再过几天。”阿静答道。

“用什么方法？跟上次杀死美浓屋老板一样的手法吗？”

“是啊，很简单。只要用濡湿的纸贴在脸上就行了……”

阿静如此回答时，搂住美代的男人站起身来，别处的草丛也发出沙沙声，两个眼神锐利的男人倏地在黑暗中起身。

“喂，阿静，你让我们听到好事了。”

搂着美代的男人声音嘶哑地说道。他脸上虽然挂着笑容，眼睛却在冒火，他接着说：“别露出那种不知所措的表情。忘了先报上名字，我是回向院茂七，负责本所深川这一带，替幕府做事。”

回向院茂七，美代从未听过这名字。

“喂，阿静，你别太贪心。你专挑年龄差一大把的小财主，嫁过去当续弦，把人杀了，成为无依无靠的寡妇，再找来事先说是表弟的伊三次，侵吞人家的家产，然后失踪。这种手法，一次就嫌多了。川崎的大黑屋、品川的美浓屋，你连续两次都得手，算是非常走运，为什么不就此罢手？嗯？”

美代眼前的阿静，像染上月光般，脸色逐渐苍白。

“这个阿新啊，”茂七指着那女孩说道，“快要饿死时，美浓屋老板收养了她，直到今天。美浓屋老板突然死了，她完全不能接受，一直怀疑是你干的。她的这种心情，可说是老天有眼看到了。她因为送货凑巧从品川过桥来到龟户，听说大野屋这家小饭馆很有名，在铺子前探了一下，结果看到连做梦也不会忘的你在铺子里眉开眼笑的。这大概就是天可怜见吧，阿静。”

阿静没有回答，甚至看似没在呼吸。美代受不了地大叫：“阿母！”

阿静缓缓转过头来，一双黑眸看清楚是美代后，脸上毫无血色，她狰狞地说：

“我才不是你的什么阿母！”

当美代缓缓跌坐在地上时，阿静也宛若有人在身后拉线似的仰躺在地上。

“对不起，其实应该更早告诉老板，只是没有确实的证据。”在大野屋的起居室，对着脸色苍白的长兵卫及搂在阿胜怀中的美代，茂七向大家说明，“那姑娘，阿新到我那里时，我没有马上相信她的话。不仔细调查，根本无法动手。而且也有可能是阿新在钻牛角尖。

“可是派人到品川、川崎调查之后，这两家铺子的老板都死得很可疑，进到这两家铺子当老板续弦的女人，容貌和身材都很相似；名字虽不同，有个表弟这点却一样。

“如果是大铺子，老板莫名其妙过世了，会引起惊动。可是像大野屋这种规模的铺子，老板其实很有钱，正是最适当的冤大头。大黑屋和美浓屋的规模都差不多。”

“我睡觉时会喘不过气来，”长兵卫摸着喉头，呻吟般地说道，“原来是因为脸上贴着濡湿的纸。”

茂七表情苦恼地说：“是的。只要重复几次，最后再压住濡湿的纸直到断气，应该没有人会怀疑是他杀的吧？大家会认为：‘啊，老板最近老是这样，大概是心脏不好……’”

应该是吧。其实真的有人像美代的生母那样因心脏不好而过世。

“她每次出门说要去找算命仙，大概是跟伊三次见面，商讨细节。”

连口头禅“该感恩”也说不出来的长兵卫如此叹道。茂七搔着后脑点头说：

“听说他们甚至还讨论要侵吞多少大野屋拥有的地皮。”

“话虽如此，阿静为什么会做出……不，真正的名字应该不是阿静，她叫什么名字？”

“我不想听。”美代说道。

茂七头子有点为难地摸摸鼻尖，然后双手揣在袖口里，探出身子，看着美代说：“唉，美代啊，有些大人偶尔会做出这种事。其实也可以不让你知道阿静的事，可是，这样一来，反而会让你更难受，因为你很喜欢阿静。”

美代的脸颊滑落咸咸的眼泪。

“阿静是个对你跟你阿爸撒了很多谎的女人，你就忘掉她吧。世上还有很多好人。碰到阿静只是凑巧倒霉而已。”

美代哭了一会儿，好不容易才出声说：“头子。”

“什么事？”

“你帮我问问阿母……问问阿静，就说我很想知道，那个梦……她做的那个噩梦是真的吗？”

数日之后，回向院茂七带来阿静的回答。

“她说是真的。”

长兵卫心不在焉地低头看着搁在膝上的双手，美代将手搁在父亲手上，头子对他们说：

“她说，她总觉得小时候在板桥那一带住宿旅馆长大的不好回忆，老在身后追赶她似的。就算她不想再做这种事，觉得钱已经够多了，但只要梦见不断在洗脏脚，就会很想要钱，很怕自己又变得贫穷。”

“洗——洗——洗——”

恐吓般的洪亮声音，以及踢破天花板而来的脚。

阿静——阿母，你是个可怜的人，美代心想。不过你却用你自己的脏脚践踏我跟阿爸的心，有谁会帮你洗你那双脏脚呢？

“忘了她吧。”茂七再度说道。

厨房传来阿胜斥责年轻下女的响亮声音。听到声音的美代抬眼一看，发现长兵卫也在听阿胜的呵斥——

“快呀，把那萝卜洗干净！”

阿胜大吼着。长兵卫和美代许久不曾这样四目相望，彼此偷偷笑了一下。

名所江戸百景
永代橋
佃しま
廣重画

第七篇

不灭的挂灯

1

阿由从一开始就很在意那位客人。

是个怪男人，穿着很阔气，却又不像使唤下人赚钱的商家老板。因为他跟整天在外辛勤劳动的男人一样，脸和手都晒得很黑。

容貌不错，脸形虽有点方，但下巴长得倒还蛮合阿由的胃口。

可惜年龄太大了。嗯——大约跟阿爸差不了多少。对方在停下筷子偶尔侧过脸时，阿由没漏看他鬓角处显眼的白发。

阿由的父亲若还在世的话，今年就有四十五了。对今年才二十岁的阿由来说，四十五岁的男人，老得近乎像个神。对方再如何以郎似有意的表情凝望着阿由，阿由也不觉得高兴。

阿由认为，挑男人必须挑身体强壮而且年轻的，要不然，结为夫妻生了小孩之后，丈夫骤然死去，可就一筹莫展了。

阿由也认为男人必须勤奋工作。如果不是不辞辛劳工作的男人，阿由无意嫁人。赌博的男人，就算对方威胁要杀阿由，阿由也不会接受，好色的不行，懦弱的也不行，懦弱的男人最差劲。

阿由的阿爸很懦弱，有人邀他，或有人拜托他，只要对方口气强硬地逼迫，任何事他都无法拒绝。因此他不但玩女人，也赌博，还不会做生意。

（你阿爸很温和，像个菩萨。）

父亲因时疫突然过世时，大杂院邻居的木匠老婆，噙着泪这样说过。阿由虽没说出口，却在心里呸了一声。

阿爸是个像菩萨般温和的人，所以才会迫不及待地成了菩萨。这不是很好吗？这种人，除了当菩萨之外，对家人一点都派不上用场。

也因此，阿由看男人的眼光非常严苛，不会轻易动心。阿由认为自己像座城墙，想要触及自己，就必须越过既深且冷的护城河。

樱屋的客人都是在江户忙碌劳动的男人，偶尔有人会对阿由说些好听的话。有次，甚至有个客人不嫌烦地递给阿由一封情书，实在很可笑。对方自称是日本桥通町一家烟草铺的伙计，小眼睛、长鼻子，记得长着一副老实样。

（我不识字。）

阿由当时向对方这样说时，对方连耳朵都红了，然后逐渐面无血色。在阿由看来，对方并非为了阿由面红耳赤，而是为自己竟看上不识字的女人感到羞耻。

男人，都是一个样。

午饭时刻的樱屋，客人多到阿由及老板夫妻三人都应付不来。即使如此，老板仍不打算添雇新人，是老板太吝啬，还是生性不轻易相信人？这点阿由不得而知。海参般毫无抓头的老板夫妻俩，连笑声都罕得听闻，甚至数钱时，表情也像在捡比父母先过世的孩子骨灰那般阴沉。而且夫妻俩时常异口同声地喃喃自语："活在这世上，完全没好事。"

阿由也是这么想的：活在这世上，一点好事都没有。只是晚上睡觉早上醒来，一天又开始了，工作之后肚子会饿，所以才吃饭，然后再继续工作，累了想睡觉便去睡。如此一再反复，只是如此而已。

阿由连身上穿的衣物都是从旧衣铺买来的。虽然并非没钱定做新衣，但她懒得应付客人说长道短的。她也从未插发簪，不过因是吃食生意，所以发髻还是结得整整齐齐。而且老板夫妻在这种事上也很啰唆。仔细想想，由于老板夫妻过于啰唆，所以可能除了阿由，没人肯待下去。

不过也因为如此，阿由才能单独占用铺子最里边那间朝北的三席房。虽然白天照不到太阳，寒冬时，即使窝在房里，也经常冷得呼气都要结冻似的，但这里确实是阿由的城堡。

独自养活自己，坚持活着，阿由早就下了这样的决心。男人根本不可靠。当然偶尔也会有在阿由的严苛眼光看来像是可靠的男人，只是这种男人压根儿不把阿由放在眼里。因为生活处境迥然不同，生长环境也不同，对这种男人来说，阿由大概如同雨后水洼上的水黾。他们或许会不经意地瞧见，然后诧异在那种地方究竟要怎么活，但绝不会像对铃虫或蟋蟀那般，装在笼子里带回家，欣赏鸣声。

话又说回来，那位客人干吗这样目不转睛盯着人看？一屁股坐在像破梯子的简陋台角落，啃着咸萝卜尾，还盯着这边看。

那男人到底是怎么了？

从那位客人到“那男人”的这种转变，在阿由心里已经许久不曾有过了。

眼前一对客人起身离座，阿由一双粗壮的手收拾碗碟。当她将碗碟浸在水桶时，里边那个卖药的高呼要茶水，阿由倾倒大水壶倒茶水。虽是连批发商也赚不了多少钱的廉价粗茶，但樱屋只有茶水不会小里小气。既然是配合那些靠双手双脚工作的男人，提供比较咸的饭菜，这一点儿体贴也是理所当然的。

阿由搁下水壶，抬起头来，发现那男人又在看着自己。两人视线交会时，那男人甚至露出笑容，嘴角出现两道深深的皱纹，眼角也跟着下垂。男人笑时，表情有点狡猾。

人在发笑或发呆时，会露出本性。阿由觉得那男人是个令人不快的家伙，于是决定连看都不再看那个方向。

过了一会儿，阿由用眼角瞟了一眼那男人，男人已经不在了。老板皱着眉头收拾那男人的碗碟。待人潮高峰告一段落时，阿由问老板，老板说那男人搁下一枚小金子。

“他还说，不用找钱。”老板说道，“这一定是不祥之兆。让那种客人盯上可就麻烦了。”

“为什么？”阿由皱起眉头问道。她并非为男人讲话，但饭钱就是饭钱，多收一点不是很好吗？她认为对方应该只是出手大方而已。

结果，老板回答：“因为不寻常。再怎么说，我们这儿的饭菜根本不值一枚小金子。那客人盯上我们这儿的什么非卖品了。”

不出数日，阿由便明白老板说中了。

2

那男人名叫小平次，四十三岁。据他自称，以前是当铺伙计，当铺老板也曾想招他入赘，他却因血气方刚，迷上私娼女人，挪用铺子的钱，老板知道后将他赶出铺子。

“之后，嗯，做过各种工作才活到今天。”

最后那句话可能是真的，其他肯定都是信口开河。小平次所说的“各种工作”，一定也包括坐牢。

樱屋老板娘低声对阿由说，他那晒得黑头黑脸的魁梧身材，看来多半是刚从劳改营出来的。阿由也“嗯”了一声表示同意。看来老板娘脸上的皱纹可没有白长。

事情发生在石町的报时钟即将敲打五刻[1]钟时。对必须早起的樱屋这三个人来说，正是准备就寝的时刻。小平次在后门“叩叩”地敲门。

他周到地提着酒来，但老板夫妻并没有因此就轻易地让他进来。老板手中甚至握着顶门棍，小平次却浮出前面提及的那种笑容，说他想找的不是老板夫妻，而是站在一旁的阿由姑娘，而且

[1] 晚上八点。

还向大吃一惊的阿由及老板夫妻说，这是大家都有赚头的事，此时小平次前脚已经跨进厨房。

在只有一丁点大的榻榻米房内，小平次看起来格外仪表堂堂。老板夫妻终年都烧鱼油照明，多少有些臭味或烟味熏人，甚至弄脏格子纸窗。挨着肩坐在一起的四个人，活像是正在熏制的鲱鱼。

老板夫妻俩没打开小平次提来的酒，也没端出任何吃的东西。小平次毫不介意，娓娓道出来意。

“本所元町回向院一旁，有家布袜铺市毛屋。”

他端端正正跪坐着说道。阿由定定瞧着他那往前突出的粗壮膝盖，心想，这是粗工的脚。

“老板名叫喜兵卫，老板娘叫阿松。两人曾有个独生女，名叫阿铃。”

樱屋的这三个人默默无语，一副像在聆听破戒和尚说法的样子。

“这阿铃，十年前下落不明，直到现在。当时是十岁，要是还活着，算算正好跟阿由姑娘同龄。”

那又怎样？阿由瞪了小平次一眼。

“是被妖怪、神明抓走了吗？”老板问道。

“不，不是那种的。你们应该也知道吧，就是永代桥崩落那时，阿铃当时在桥上。”

文化四年（1807），富冈八幡宫祭典时，人潮过多，致使桥崩落，一千五百余人沉入河里往生了。小平次说的是此事。

“那年祭典，据说是父亲那边的亲戚带着阿铃去的：喜兵卫因有个不得不参加的集会，阿松那时又卧病在床。听说阿铃的阿母身体本来就很虚弱。”

小平次知道得还真详细。他摸着方方的下巴，因飘过来的鱼油烟而眯起眼睛。

“不过阿铃的尸体最后还是没浮上来。这没什么，因为不仅阿铃这样，同时死了那么多连名字都不知道的人，大概是史无前例吧。”

“不是还有振袖火灾[1]？”老板娘搬出无关紧要的话题。小平次抓抓下巴。

“嗯，可是那是久远得我们都无法想象的事吧。”

“说得也是。”

阿由猜不出他究竟要说什么，开始感到急躁。

所以那又怎样？永代桥崩落死了很多人，的确值得同情，但人本来就不是今天还活着，所以明天也一定能活着。任何人都无

[1] 发生于1657年的火灾。

法预知这种事。该死的时候，大家都该死啊！

永代桥崩落时，阿由正好十岁，刚好和那个叫阿铃的女孩同龄，但阿由没有肯带她去看祭典的亲人。她当时过的日子，是每晚到附近的小酒馆，搀着酩酊大醉的父亲回到没有火也没有食物的潮湿大杂院。

那时候阿由偶尔会这样想，要是把阿爸推进附近的河里再回家，不知有多痛快。如果不能推进河里，光把他的脸塞进水沟也好。睡死了的父亲，就算不满一寸的水洼，大概也可以把他淹死。反正阿爸时常跟阿由抱怨，阿爸很痛苦，因为痛苦才喝酒，所以阿由当时认真想过，或许让他死才是孝顺。

他没死成，只是运气不好而已。阿由打算晚上这么做时，凑巧更夫路过，吵醒了阿爸；有时才把他踢进水沟，他就大喊痛啊然后站起来——他是个无论如何痛苦也硬要活在这尘世的父亲。

后来，父亲因酗酒伤身，时常卧病不起。邻居妇人是个热忱的人，常来探望父亲的病情，阿由也就无法轻易动手了。就这样，阿由一直照顾阿爸直至十五岁。

因永代桥崩落而死，那又怎样？既然是布袜铺的小姐，只要生前过得很幸福，不也够了吗？如果是掉进粪坑，那还稍微值得同情，十岁孩子从那么高的桥掉进河里，应该是浑然不知就死了吧。总不至于抱怨，因为生于本所，所以想溺死在竖川吧。

或许阿由心里的这种想法显露于外，小平次望着她，觉得有趣地笑了笑，他温和地说："哎！别那样无聊地噘着嘴。"

老板仿佛有什么东西飞进鼻孔，"哼"出气来。或许真是那样，但小平次却以为老板是在催促他往下说。

"然后呢，就父母的心情来说，这也不难理解，市毛屋夫妇对阿铃还不死心，现在也是……十年后的现在，依旧深信女儿还活着。他们认为阿铃自桥上掉落时，大概撞到头部或什么地方，完全忘了自己的身世、名字和住处，认为她一定还好好地活在江户某处，所以一直在寻找阿铃。他们声称，只要有人找到女儿，将付一大笔礼金给那个人。"

"这跟我无关嘛。"

阿由小声嘟囔了一句，小平次摇着头说："不，没那回事。阿由姑娘，你很像阿铃，容貌、举手投足，连声音都像。"

三人吃惊地抬起头来，他又笑道："所以我不是说过嘛，这并不是对你们不利的事。"

让阿由冒充阿铃，向市毛屋骗取礼金——这就是小平次打的主意。

"为了让阿由姑娘冒充阿铃，必须请樱屋夫妇也和我配合。这没什么，我会安排一切，你们只要照我说的去做就行了。至于礼金，我们平分。"

老板“咕噜”一声吞下口水。或许只有这个时候，他认为只要活着偶尔还是可以遇上好事。

“那个礼金，有多少？”掌管财政大权的老板娘精明地问道。

“肯定有一百两。”小平次若无其事地回答，“看情形，或许更多。虽说只是一家小布袜铺，但千万不能小看，那可是拥有很多宝物的铺子。”

阿由逐渐感到很无聊，她说：“这种事怎么可能成功？”

“为什么？”

“你连这个也不知道？布袜铺的女儿和我这种粗野女人再怎么看也不像。”

“阿由姑娘，佛要金装，人要衣装。”小平次自信满满地说，“再说，阿铃自永代桥掉落失踪后，已经过了十年完全不同的生活，就算变得有点粗鲁也不奇怪。主要是容貌和身材，这点最重要，因为只有这点没办法随便蒙混过去。”

阿由嗤之以鼻地说：“市毛屋他们为了寻找阿铃，拼命地四处打听，是吧？本所回向院和本町三丁目，虽说中间隔着大川，但毕竟不是江户和京都相隔那么远。阿铃若住在这么近的地方，应该早就找到了。这一点你打算怎么解释？”

樱屋老板夫妻一副说得也是的表情，彼此对看。小平次朝他们两人挪近膝盖，问道：“樱屋老板，你们膝下无子吧？”

老板轻轻点了头，老板娘则一双数钱时的眼神。

“永代桥崩落那时，你们在河川下游捡到一个女孩，”像在念咒文似的，小平次以唱歌般的声音对着两人说道，“是个非常可爱，像人偶娃娃一样可爱的女孩。而且，那女孩不但忘了自己的父亲是谁，连自己的名字和住在哪里也都忘了。”

老板娘依旧是以数钱时的眼神望着阿由，阿由开始感到畏怯。

“樱屋老板，你们偷偷带那女孩回到这儿，将那女孩当成自己的孩子抚养。因深怕亲生父母找来，所以躲躲藏藏地养着她。等那孩子长大成人，成了能够独立自主的姑娘，就算亲生父母看到了也无法马上认出来之后，才让她在铺子里帮忙。”

阿由听得傻眼：“这种谎言怎么可能行得通？”

小平次得意地笑了笑，表情看似很满意阿由如此反驳。

“阿由姑娘，你终于笑了。告诉你，我是个能以三寸不烂之舌骗到将军殿下丁字裤的男人……”

3

小平次告辞后数日，樱屋老板夫妻的态度逐渐有了某种微妙的变化。

即使不像阿由这般聪明的女孩，只要出于同样的立场，不用说也会明白这其中的原因——老板夫妻不满阿由拒绝小平次的建议。

真是意想不到，原来两人都利欲熏心了。若是有情有义的人，绝对做不出欺瞒思念过世孩子的父母的事来，何况樱屋也不穷。阿由认为，因为没钱做坏事，还情有可原，但明明生活毫不困苦，竟为一大笔钱而动心，实在太可耻了。

对阿由来说，她十分满足目前的生活。她认为，与孩提时代相较，自己一个人竟能撑到今日，实在很不简单。若身体够强壮，应该可以一直过着看得到明天和不缺米饭的日子。

万一生病了，那就到时候再说；无法工作的话，顶多去死而已。现在担忧那个问题也没用。反正再怎么努力，也没办法存下可以三四个月不工作的钱，想要存钱以防万一，只会更感到一无所有而已。

然而，老板夫妻似乎不这么认为。

如今阿由总算理解了老板夫妻数钱时为什么眼神那么阴沉。

原来那并不是表示他们不在乎钱，而是怨恨上天的眼神，因为再怎么辛勤工作，一整天下来也只能赚到那点钱。而且，眼前有一个可以扭转这种不公平的金钱分配的机会，阿由竟然放弃，所以他们极为生气。

小平次离去四天后，老板夫妻让阿由不用到铺子做事了，并叫她尽快收拾行李滚出去。

“从今天的晚饭到你离去之前，你都必须付饭钱。反正又没在做事，这是应当的吧。”

“老板娘……”

“不要随便这样叫我。”

“为什么？我自认为一直拼命在工作，我到底什么地方做错了？”

老板娘那圆木头般的双手叉在腰上说道：“因为你拒绝了小平次那男人的建议，让我们在听了那么有赚头的计划之后，却不得不放弃。要是那计划一开始就跟我们无缘，也就不会这么气愤了。现在那一伸手就能抓到的宝物已经消失了，再让你在眼前晃来晃去，我们当然会气得受不了。”

老板娘狠狠关上纸门离开了。

阿由是个难得会感到走投无路的女孩。这回也是在心里咒骂“死顽固”之后，便迅速开始整理行李。说是行李，其实一个小小箱笼就能收拾完所有的东西。

江户是外地人来挣钱的城市。幕府再如何严厉取缔，外地人还是蜂拥而入。大部分是贫穷的男人，他们即使耕田种庄稼，农作物也多半无法留在自己手上，他们为一贫如洗的生活疲惫不堪，认为到江户可以找到更好的工作，最后放弃务农，赤手空拳来到江户。

因此女人在江户是物以稀为贵。只要身边没有沉迷赌博的父母或老是生病的孩子这类专花钱的米虫亲人，光女人自己的话，根本不用卖到妓院，就可以马上找到工作，而且也可以踏踏实实地养活自己。

因为不想留下不好的记录，阿由利落地打扫房间。磨损的榻榻米透着这几年在此度过的回忆，万万没想到竟是这样离开。

阿由将箱笼绑在背上，走出房间。此刻樱屋正是中午愈来愈忙的时候。老板夫妻一脸比平常更凶狠的表情，冷冷地招呼逐渐增多的客人。

阿由有点不忍心，但转念一想，是对方把自己辞掉的，就算人手忙不过来，也跟自己无关。比这更重要的是，必须在太阳下山之前，找到今晚的住处。这个问题比较令人心急。

“那么，老板、老板娘，多谢你们照顾了。”

阿由微微点了个头，转身走向里边厨房后门，其间，仍有客人拨开铺子外那犹如用酱油红烧的肮脏布帘进来，其中也有正在扒饭，只自大碗边抬眼目送阿由的客人。

在关上油纸格子纸门时，背后传来一位客人的粗大嗓音说：

“怎么了，那女侍辞职了？”

老板大概只是静静点头。客人到底会怎么说自己，阿由很感兴趣，于是停下脚步，胸口也不像平日的自己那样怦怦跳着。

“哦，是吗？”

其他客人插嘴说道，是个年轻男子。

“那下次要雇人的时候，最好找个更漂亮、更亲切的姑娘。”

“对，对！那个女侍的话，只会让饭菜更难吃。她简直像个石地藏。”

客人哄堂大笑。阿由不禁拔腿就跑。

接下来到底该去哪里？

很久以前，阿由曾听附近一个要好了一阵子的五谷批发商的下女说过，两国桥桥畔那家佣工介绍所很亲切，没有什么背景的年轻女孩，只要人品好，他们也会介绍给踏踏实实做生意的商家。

阿由打算去试试，于是脚步往东迈去。

其实不用仰赖既花时间又花钱的介绍所，路上到处可见铺子前征女佣工的告示。阿由当初也是看到告示才闯进樱屋的。她比任何人都更相信自己的眼睛和耳朵，始终认为凡事照自己的想法去做最好。

可是这回是因意想不到的原因而离开樱屋，事情既然演变到这个地步，或许稍微用心找找比较好。像现在这种背运的时候，再怎么急也没用，只会往更坏的方向一路滚下去而已。

总之，所幸身上有一些钱，短时间内，足够在廉价旅馆住下来。偶尔奢侈一下也不错。樱屋的褥子薄得跟榻榻米没两样，晚上睡觉若不穿棉袄，有时会睡得全身酸痛。旅馆的话，无论如何也不会让客人睡那种烂褥子吧。

穿过热闹的通町时，阿由没有放慢脚步，也没有四处张望。若是那样，马上会被认为是乡下人，甚至遭眼尖的坏人盯上。现在阿由怀里藏着全部的财产，即使不是这样，背着箱笼的年轻女孩还是会引人注目。阿由收紧下巴，挺直脊背，一副奉命出来办事正在赶路的样子，稍微大步地往前走。

接近柳桥时，她与一群打扮时髦但表情看似有点疲累的姐儿擦身而过，可能这附近有射箭靶场[1]，有时会传来夸张的娇声和咚咚鼓声。这些白天起就在玩乐的男人，以及仰赖这些男人为生的女人那毫不快乐的笑声，阿由通通抛在脑后，偶尔顶顶下滑的箱笼，继续默默前进。

阿由来到广小路，觉得有点渴。只要找到那家介绍所，至少有白开水可以喝吧。以前确实听说是位于药研渠附近……

---

[1] 有些负责拾箭的女孩是私娼。

中午已过，尘土飞扬的广小路，到处可见简陋的席棚，有杂技棚和巡回戏棚，也有说书棚和茶馆。阿由从未逛过这种地方，她认为那都是一种浪费，只瞄了一眼便移开视线。接着，她发现脚边掉落些许青菜，已被踏得沾满污泥，大概是上午在这里铺粗草席卖青菜的早市摊子留下的。

好可惜。阿由不禁弯腰拾起，有人从背后拍了她的肩膀。

阿由回头仰望，站在眼前的正是小平次。

4

最后阿由终于妥协，决定前往市毛屋，因为小平次坦白说出了一切。

“至今我已经送了几个姑娘到市毛屋，可是阿由姑娘，我第一次碰到像你这么倔强的。”

小平次抓着脖子，对阿由发牢骚。之后，他带阿由到一家茶馆，自己叫了茶水和糯米丸子，劝阿由吃。

“我不饿。”

“唉，别说这种倔强的话。我有点饿了，而且我很喜欢这儿的糯米丸子。可是光我一个人吃不好意思，所以要你陪我吃。”

小平次没撒谎，他津津有味地将糯米丸子全吃光了。从他对板着脸的阿由说的话听来，原来小平次尽管会喝点酒，却更喜欢甜点。阿由在心里咒骂，就坏人而言，这一点的确很不像话。

“我必须到介绍所。”

“那你就把我当成介绍所，姑且听我说。”

小平次说完接着又告诉阿由一些内情。

“我啊，绝不是那种只做问心无愧的事的人。那时我也跟你说了，我是靠着三寸不烂之舌才能活到今天。可是阿由姑娘，正如聪明的你那时所说的，让你冒充阿铃去骗市毛屋，根本不可能成功，这点我也很清楚。只是，当着樱屋老板夫妻的面，我认为那样说比较好，让他们深信这是见不得人的事，要不然他们会到处嚷嚷把事情说出去。那可就不好了。”

“然后呢？”阿由有点感兴趣地问，“内情是什么？也是编造的吧？”

小平次笑得差点呛着了。

“你真是个不客气的姑娘。唉，算了。”

根据小平次的说法，找人冒充阿铃是市毛屋老板喜兵卫的主意。

“你说什么？”阿由几乎要冒火了，“别开玩笑。世上哪有这种荒唐的事？”

“哎，慢着，慢着。”

小平次伸出双手阻止打算站起身的阿由。

“你也真是个急性子。好好听我说完，之后再生气也不迟。”

他让阿由坐下，再度叫了茶水，接着说“你听好”，然后探出身子说：

“市毛屋的喜兵卫老板会出这种主意，是为了安抚老板娘阿松。阿松她自从阿铃行踪不明后，便疯了。这十年来，她一直活在我们看不见的朦胧云雾里，偶尔会突然恢复正常，但都很短暂，马上又变得不正常。大概云雾里比较好过吧，在那个世界里，可以忘记心爱的独生女过世的事。”

阿由伸手拿起茶杯，喝着已凉的茶水。

“怎样？你不觉得很可怜吗？”

“不知道。”阿由依旧别过脸说道，“不用工作，每天光做白日梦就可以过活，那种生活不也像是极乐世界吗？我从来没过过那种奢侈日子，所以不知道。”

小平次这回皱起眉头说道：“你啊，本性大概很冷酷吧。”

“那个老板娘阿松，要是过的是今天必须拼命工作赚钱，明天才有饭吃的生活，那种悠闲病一定马上就好了。”

阿由不光是嘴巴上这样说，还真的动怒了。对方是有钱的老板娘，就算脑筋有点不灵光也不碍事，反正大家都会抢着嘘寒问暖。

小平次叹了一口气，继续说道：

“唉，算了。你先听我说。这个老板娘阿松活在云雾中还好，我刚刚也说了，她偶尔会恢复正常，这个时候就很麻烦。她会开始找阿铃，等她找不到阿铃，想起阿铃已经过世了，会发疯似的想寻死，听说有好几次都在紧要关头被及时阻止。”

小平次说“结果啊”，然后调整坐姿，又说：

“不知所措的市毛屋喜兵卫最后想到一个主意，要是阿铃还活着，应该差不多这么大……也就是说，找个年龄与阿铃相近的姑娘，让她待在家里，待在阿松身边，如何？反正阿松恢复正常不过就两三天而已，这期间总可以蒙混过去。当然，为了不让阿松觉得阿铃的手怎么那么粗，或让她觉得为什么身上穿着跟下女一样的破旧衣服，所以那姑娘平日必须过着与生前的阿铃同样的生活，而且，为了应付阿松说‘阿铃，练习一下古筝让我听听’，就算是临时抱佛脚，也必须去学习完整的技艺。”

真是令人目瞪口呆的主意。

“那个市毛屋老板一直在重复这样的事？”

“是的，至今大概试了三个姑娘。”

“那不是得花很多钱？”

“这点钱不算什么。他们家产很多。”

为了能够让老板娘正常，花再多钱也无所谓吗？阿由对那个未曾谋面的市毛屋老板感到非常厌恶。

“那根本不用找上我，让那些女孩继续冒充不就好了？”

小平次摇摇头说道：“那些姑娘有自己的父母和兄弟姊妹，不能老是把她们绑在市毛屋。前些日子冒充阿铃的那姑娘是马食町一家纸铺的女儿，因为谈好了亲事，不好意思让她继续留在市毛屋。”

阿由哼哼嗤笑地说：“那干脆去找个没亲人的女孩不就好了？让她一直待下去。”

小平次砰地拍了一掌。

“对啊！你说得没错。可是阿由姑娘，尽管阿松脑筋不正常，她也没完全忘记女儿的长相。找个长相完全不同的姑娘，就算让她叫阿松阿母也是没有用的。所以首先要找个面貌至少有点相似的姑娘，但是这种姑娘又不是到处都有，不可能凑巧会碰上没亲人的姑娘。不，说真的，阿由姑娘，你倒是头一个能够同时符合这两个条件的姑娘。”

阿由默不作声，心想：那又怎样？

“哎，阿由姑娘。”小平次换成讨好的口吻说道，“你考虑看看好不好？虽说是骗局，但对方是受骗了反而比较幸福，你要是骗阿松，等于是在帮助她。而且这事不难，你就当作是有点与众不同的下女工作，进市毛屋做做看好不好？喜兵卫老板那边，也无意一辈子绑住你，只要你不想做了，随时都可以辞，到时候，他会另外给你一大笔礼金。另外，喜兵卫老板甚至说，如果你一直待在市毛屋冒充阿铃，有人来提亲的话，他也很乐意帮你张罗嫁妆。”

阿由没有回应，默默考虑今后的事。

去当布袜铺的独生女？去学古筝和插花？死去的阿爸若听到了，不知会有什么表情？

阿由喝了一大口茶水，再咬着串烤糯米丸子，勉强吞下有点干的丸子时，小平次笑开了。

“答应了？你答应做了？”

阿由瞪了他一眼。糯米丸子一点都不甜。

5

阿由一见面就开门见山地表示自己是来当下女的。

“所以在老板娘恢复正常，我必须演戏之前，请让我做一般下女的事。古筝和插花我都不愿意学。”

市毛屋老板喜兵卫是个令人不禁会想到麻雀的矮小男人，当他仿佛吓了一跳睁大既黑又圆的眼睛时，更像麻雀了。若有人在他吃饭时挨近，他恐怕会慌张地跳起来。

不过至少喜兵卫比小平次稳重。或许基于自己是当事人，而且出钱的是自己，他对阿由那种一板一眼的口吻，并没有像小平次那般手足无措地搔着头。

“可以。”喜兵卫说道，“阿由姑娘，你就照你的方式，只是你必须以下女身份专门负责阿松身边的琐事。这样一来，她外出时，你也必须跟在她身边，所以你不能穿得过于破旧，请你穿我们这边准备的衣服和腰带，并插发簪。另外，打扫和煮饭、汲水这类的事，你都不能动手，因为你是阿松专属的下女。这样可以吗？”

这样的话，结果还不是一样。阿由咬着牙，觉得输了一着。看着喜兵卫那若无其事的表情，她感到很不甘心。

阿松果真活在别人看不见的云雾世界里。既然是老板娘专属的下女，再不情愿也得每天去看个几次，而每次去，她总是面向窄廊端坐，一副倾听黄莺初试啼声的模样，微微歪着头，双手搁在膝上，阿由只能端看她那姣好的侧脸。

而且，阿松也仅是那样而已，像壁上的挂轴，只存在那儿，只是人在那儿而已。虽然她也会吃饭、上厕所、洗澡、更换衣物，但完全没有活生生的人的感觉，像是个只会散发香味、会动的漂亮人影。

也因为如此，阿松不难伺候。目前，她也没有会突然恢复正常的征兆。阿由感到很无聊，从未像现在这样觉得时间这么难熬，又因为身体全然不累，晚上也就睡不着觉，钻进被褥后传来本所横川町的报时钟声，总觉得听起来比石町的报时钟声更沉重。

（觉得无聊的话可以去学技艺。）

由于不想听喜兵卫这样说，阿由每天尽量不发怨言，可是由于晚饭不得不和两位临时父母一起吃，对方似乎也察觉到了阿由的无精打采。每当阿由单独一人时，想起老板看向她的询问的眼神，总会气得满肚子火。

阿由宁死也不愿去学技艺。对阿由来说，那些技艺丝毫派不上用场，而且阿由更清楚的是，在同一个天空下，有些女孩为了明天的三餐，得在灯火下拼命做针线活直到深夜。

那就更别说什么古筝、插花、习字了。要是去学那些东西，阿由往后大概无法抬头挺胸地走在路上。

毕竟，目前的生活跟巡回戏团类似。无论睡的被褥如何松软温暖，身上的衣物花样如何精致，它们都不属于阿由，都只是十年前过世的那个女孩曾经享受的奢侈幸福的残羹而已。

目前的阿由正是靠捡拾这些残羹为生。

有时候，阿由会自怨自艾地流泪，濡湿枕头。在第二天早上打算逃离市毛屋时，被早起的佣工发现，又给带回来。

住在市毛屋的佣工，对老板忠实得简直像狗一样。话虽如此，那份忠义，似乎又并非基于他们从心底敬慕老板夫妻的感情。

他们非常明白，市毛屋是相当好的铺子，工资比一般行情高，老板对佣工也很体贴。因此，他们不想让这么好的铺子出问题，认为负责照顾老板娘的阿由也应该尽自己的本分——这大概就是他们的想法。

阿由最厌恶佣工的态度，尤其是负责家事的那些下女对她鞠躬称“小姐”时，毫无真心可言。她很想与她们更坦然地闲聊。有一次她趁喜兵卫不注意，偷偷拜托资格最老的下女，对方皱着眉摇头说：

“不行呀。我们平日不叫习惯的话，到时候就无法把你当小姐看待。而且老板也严厉叮嘱过我们……”

阿由叹了一口气，同时也死心了。

每天在一旁看着大家忙碌地工作，自己无所事事地过完一天。要是过惯了这种日子，人会变得懒散。阿由开始担忧起来。

铺子里的佣工都很勤快。大概领头的老板喜兵卫是个以工作为乐的男人，所以底下的佣工也都干得很起劲。

听说喜兵卫唯一的消遣是每月一访神田佐久间町的下棋对手，彻夜一决胜负。又听说那位下棋对手是个町医生，平常也很忙，也非常期待每月一次的下棋。老下女笑着对阿由说，连老板在这天也会外宿。

所谓消遣，就该这样才对。阿由心想，首先，最重要的是勤快工作，可是目前自己……

不过仅有一个人在这样的日子里让阿由有个可以喘息的空间，那就是掌柜友次郎。

他比喜兵卫年长两三岁，脸上的肤色像是用酱油红烧过似的，手指也很粗糙。说是掌柜，其实原本是师傅出身，现在只要有重要客户来订货，这男人也会亲自拿着针线缝布袜。

将近立春的某一天，阿由趁喜兵卫外出，因无聊来到铺子时，这个友次郎叫住了她，说如果觉得无聊的话可以教她缝布袜，事情就是这么开始的。

“顺便教你习字。只要学会这两样，等你完成工作要离开时，应该对你的生计有帮助。”

阿由欣喜地接受这个建议。友次郎的教法很巧妙，阿由本来就手巧，学得很快。友次郎非常赞叹地说，只要认真学，将来或许可以成为缝制布袜的师傅。

难学的反倒是习字。友次郎也是个忙碌的佣工，白天根本抽不出时间。四十过后才结婚，成为通勤掌柜的他，每天晚上必须回松坂町的家，只能偷空教阿由读写。阿由也在白天趁喜兵卫外出时，蹲在下半部分是木板的格子纸门后，请教问题。

话虽如此，习字是件有趣的事。光是想到对自己的将来有益，阿由就学得兴致勃勃。

大概友次郎也同情这样孤单一人的阿由，于是告诉阿由市毛屋夫妇——不——喜兵卫萌生这奇妙主意之前的来龙去脉。

通常友次郎是到阿由那朝南的小房间去看她缝布袜的情形，若缝得不好便再教一次，若缝得好便称赞阿由，这时才会聊起那方面的话题。因为他不能离开铺子太久，也就无法每次坐下来仔细说明。

“这事啊，本来就是那个人不对，说什么阿铃小姐还活在世上。”

“是谁说的？”

“算命先生。”友次郎皱着脸。掌柜即使皱着脸仍令人觉得是个好人。

“当时，一直找不到阿铃小姐的尸体……跟小姐一起到八幡宫的人，尸体都找到了，只有小姐怎么也找不到。所以老板娘才深信‘既然如此，阿铃一定还活着’。有一阵子，老板也几乎相信了，于是找来算命先生，虽然明明知道那些人只会说客人想听的话。”

因为算命先生也说“阿铃小姐还活在世上”，阿松凭着这句话益发抱着希望地寻找。可是用尽了各种方法，花钱请人到处寻找，始终没有好消息。结果阿松逐渐精神失常。

“掌柜也认为小姐或许还活着吗？”

友次郎默默摇头，是那种很笃定的意思。

“我认为如果还活着，早就回来了。”

也许吧——阿由也这样想。

“你们不如说服老板，劝他停止这种跟演戏没两样的事。我觉得这样继续下去，对老板娘一点帮助都没有。”

友次郎对着阿由微笑。

“大概吧……不过阿由姑娘，就算是错误的事，但这错误却是心灵的寄托，你会怎么办？”

“心灵寄托？”

“是的。所谓本所七怪事，你不知道吗？其实也没什么，只是凑合些微不足道的故事而已，其中有个故事叫‘不灭的挂灯’。”

一家荞麦面摊子的挂灯，无论风吹雨淋，总是亮着灯，没有人见过挂灯熄灭，而且也没有人见过摊子小贩往那挂灯里添油——这是故事的内容。

“这故事本来没什么，不过，阿由姑娘，我觉得对老板娘来说，相信‘阿铃小姐还活着’，大概就是一盏‘不灭的挂灯’。为了活下去，要有能照亮脚边的挂灯。”

友次郎的神情看似有点痛苦。

“十年前那天，老板娘告诉小姐，她觉得心惊肉跳，便阻止小姐，叫小姐不要去八幡宫。可是亲戚那边很期待小姐去，当然小姐自己也很想去，所以老板向老板娘说情，最后送小姐出门了。我想对老板娘来说，她一定非常后悔，早知道那时应该强力阻止小姐，阿铃小姐也就不会死。”

阿由想起阿松那人偶般毫无表情的脸。

“所以我可以理解老板娘会如此坚信‘阿铃没死’的心情。”

阿铃还活着，她在学古筝、学插花，日后将继承这个家。

原来是内心的那盏不灭的挂灯，阿由认为或许那盏挂灯就叫作梦想或希望。

自从听了友次郎那番话，阿由开始温柔地对待阿松。反正她是个完全与世隔绝的人，倒也没什么特别该做的事，只是阿由比以前更频繁地和她搭话，也会陪她一起眺望院子。

同时，阿由也开始觉得这项怪工作不再那么辛苦。不但可以从友次郎那边学东西，而且她开始认为，待在阿松身边——并非受人之托，而是从心底出于自愿——是自己该尽的责任。

然而，二月中旬一个飘小雪的夜晚，发生了一件搅乱阿由平静心情的事。

是火灾。

6

即使江户仔早已习惯火灾，但听到急促的连续敲打的火灾警钟时，仍会觉得恐怖。阿由从被褥里跳了起来，看到西方上空被火焰染得通红，她利落地整理随身物品。

佣工虽然东奔西窜，却也在打听过火势后，开始用绳索绑住该带出去的物品，或将可以泡水的物品沉入水桶。听说火灾地点是桐生町一丁目，不巧这边位于下风，所以不能轻忽火灾的演变。

阿由也是第一次这么近距离地观看火灾。映照着夜空的火焰，虽可怕，却也很美。阿由痴迷地看了一会儿，听到从松坂町赶过来，正口沫横飞指示佣工的友次郎的声音时，她才回过神来。

“阿由姑娘，老板娘就拜托你了！”

阿由这才想到喜兵卫今晚不在家，他为了每月一次与棋友一决胜负出门去了。

阿由奔至阿松的寝室。阿松坐在褥子上，眼神依旧涣散，正要换下睡衣。阿由制止了她，并在她穿得热热的睡衣外面披上几件衣服，将她带到屋外。

所幸火灾没有延烧到桐生町外便被扑灭了，就在天快亮之前。

阿由和阿松暂且到龟泽町一个熟人家避难时，熏得满脸油烟的友次郎过来问道："老板还没回来吗？"那时正是令人冷得脚尖发痛的清晨。

"是，还没回来。"

接着，另一个声音说："喜兵卫老板到哪里去了？"

此人声音嘶哑。阿由回头一看，说这话的人正站在眼前，友次郎向他行礼道："原来是回向院的头子。"

他是负责本所这一带案件的捕吏，人称回向院茂七，年龄五十出头。他和阿由搭话时，声音带点感兴趣的语调。

"咦，你是现在的阿铃小姐吗？小平次那家伙真会找，每次都找来容貌很像的人。"

阿由吃了一惊地说："头子，您认识小平次先生？"

"认识。那个人啊，虽然有点狡猾，但碰到市毛屋老板这种怪请托时，他是个相当靠得住的家伙。"

友次郎向茂七说明老板的行踪，茂七用力点头。

"原来是佐久间町。昨晚风不是很大吗？听说神田多町那边也失火了。喜兵卫老板可能被那边的骚动挡了去路，想回来也回不来吧。”

友次郎脸色苍白地说：“难道是被神田那场火灾波及……”

茂七摇摇大手掌说：“没有。反正他就只有一个人。放心，一定会回来的。”

果然如茂七所言，中午过后，喜兵卫突然回到铺子。当然人是好好的，衣服也没乱，表情沉稳，和铺子里佣工的疲惫表情迥然不同。

友次郎派人前去通报茂七，回向院茂七立即赶了过来，庆幸喜兵卫安全回来。喜兵卫请头子进里屋，对害他担忧一事致歉，并为自己不在时承蒙照顾一事郑重致谢。茂七为铺子平安无事感到欣喜，同时也随口和明明醒着却一副尚未睡醒般发呆的阿松搭话。

阿由坐在阿松一旁，悄悄伸手撑着她的手肘。喜兵卫看到了，阿由也看到他嘴角微微笑。

可是这时茂七问道：“神田那场火灾，火势很大吧？有没有闹得很厉害？”喜兵卫的微笑消失了。他看似有点心虚。

“唔，的确是这样。”

喜兵卫没有对佣工做任何说明。不过他知道火灾的事。他只对佣工说，当时人在外头，因为人潮和火势一时回不来，心想友次郎应该会设法处理这边的事，所以一直到现在才回来。

就在此时——

或许是阿由听错了，也或许是阿由多心。

可是阿由确实闻到了从喜兵卫的衣服那儿飘来的一阵甜甜的香味，这味道正好跟她在路上与柳桥姐儿擦身而过时闻到的一样。

此外，阿由又察觉一件事，回向院茂七头子似乎也跟自己一样闻到那阵香味。

他到女人那儿……

阿由心里正这么想时，不经意地望向阿松，发现阿松恢复了正常。

这不过是眨眼间的事而已。阿松眼神恢复生气，嘴唇紧闭，眉毛很有精神地往上扬。

阿松的两只眼睛没看阿由这边，她看的是喜兵卫，眼中就只有他的脸。

然后阿松又马上恢复人偶般的表情。

火灾之后过了十天，阿由突然被辞了。是喜兵卫开的口，而且他依约给了阿由一大笔礼金，并送她两匹布。

阿由没有拒绝。虽然她很想再跟着友次郎学习，不过总可以另想办法。比这个更重要的是自己大概无法继续待下去了。

与来时一样，阿由背着箱笼，边走在路上边想着是否该再回去日本桥时，有人在她肩上拍了一下，这回站在身后的是回向院茂七。

“果然被砍头了？”

“是。”阿由点头。茂七像是看到了刺眼的东西，眯着双眼俯视阿由。

“阿由，你知道为什么会被砍头吗？”

阿由认为自己知道，只是没勇气说出来。

火灾那晚，喜兵卫一定在女人那儿，而且对方很可能是他金屋藏娇的女人，代替长久以来像个人偶的阿松，尽喜兵卫妻子的义务。他说神田佐久间町有个下棋的棋友，实在很可疑。那大概只是借口吧，其实他是在其他地方……

而且阿松也知情。那时阿松的表情，除了嫉妒和憎恨之外，别无其他。

友次郎说十年前阿铃要去八幡宫时，阿松开口阻止，后来她因责怪自己当时没有强力阻止而发疯了。

可是阿由现在却认为事实真是如此吗？

阿松责怪的或许不是自己，而是当时跟自己说情，让阿铃出门去观看八幡宫祭典的喜兵卫吧？

这对夫妻不是一起悼念过世的女儿，而是始终在挖彼此的伤口吧？结果在家中无法得到平静的喜兵卫在外面养女人，阿松则在泥沼中愈陷愈深。

但是阿松绝对没有发疯。她只是假装发疯，以故意浪费丈夫汗流浃背所积攒的家财，让他老是注意不让坏风声传出去来自娱。虽说是装疯，但事出有因，喜兵卫总不能置之不理。

那天，阿由从阿松的眼神里看到了连铺子佣工都没察觉到的夫妻之间绝望之战的冰山一角。

不灭的挂灯，阿由想起友次郎告诉她这个典故时的慈爱表情。

然而市毛屋夫妻那盏不灭的挂灯，或许跟友次郎所想的不同，燃烧的是憎恨之油也说不定。

活在这世上，真的一点好事都没有。

阿由猛然回过神来，发现茂七凝视着她。捕吏脸上浮现出苦笑。

“阿由姑娘，你现在心里所想的事大概跟我一样。”

阿由露出笑容。

“以后你打算怎么办？”

“我想暂时先回通町。”

“要是遇到困难，随时可以来找我。我，还有小平次，应该都可以帮忙。”

阿由道声谢谢，朝两国桥走去。茂七在背后喊道：

“改天，你再过大川来本所吧。下回一定让你看到更干净的东西。”

阿由只微微转过头，默默点了个头。

茂七头子向她挥手说：“一定啊，一定要再来啊。”

在阿由看来，茂七头子似乎很过意不去。

二月河风吹来。阿由在桥中央顶了顶箱笼，继而打了个大喷嚏。

图书在版编目（CIP）数据

本所七怪谈 / (日) 宫部美雪著 ; (日) 茂吕美耶译 .
—北京 : 北京联合出版公司 , 2019.9
ISBN 978-7-5596-3163-3

Ⅰ . ①本… Ⅱ . ①宫… ②茂… Ⅲ . ①推理小说 - 日本 - 现代 Ⅳ . ① I313.45

中国版本图书馆 CIP 数据核字（2019）第 070785 号

本所七怪谈
作　　者:〔日〕宫部美雪
译　　者:〔日〕茂吕美耶
责任编辑: 杨芳云
特约监制: 潘　良　魏　强
产品经理: 杜　思
封面设计: 山川制本workshop
封面插图: 庄　厘

北京联合出版公司出版
（北京市西城区德外大街 83 号楼 9 层 100088）
嘉业印刷（天津）有限公司印刷　新华书店经销
字数 144 千字　880 毫米 ×1230 毫米　1/32　7 印张
2019 年 9 月第 1 版　2019 年 9 月第 1 次印刷
ISBN 978-7-5596-3163-3
定价：38.00 元

文治
wénzhì
微博：http://weibo.com/wenzhitushu
豆瓣：https://www.douban.com/people/wenzhilab/